オートフィクション

金原ひとみ

集英社文庫

オートフィクション　目次

オートフィクション

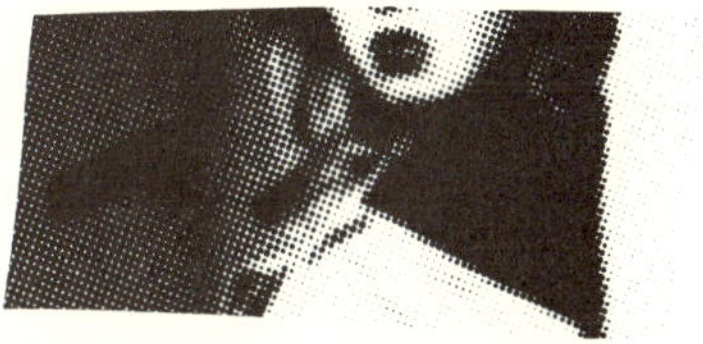

22nd winter

「ねえねえ見て見てー。すごーい」

「ほんとだ。すごいね」

「何それもっとちゃんと見てよすごいんだから」

「うん」

「すごーい」

真っ青な彼の手を取って、窓の外を見つめ続けた。どんどんと上昇していく飛行機の中から見えるオレンジ色の街灯に向け、心の中で祈り続ける。来年も、彼と二人で結婚一周年記念旅行が出来ますように、と。

帰国したくない！　そう駄々をこねたくなるほど、私たちの夕ヒチハネムーンは最高の旅だった。彼と二人だと、本当に何もかもが楽しくて仕方ない。二人の幸せなビーチの思い出を心に刻もうと、目を閉じた。手がぬるぬると汗ばんでいく。汗ばんでいるのは私の手ではない。彼の手だ。飛行機嫌いの彼は、離陸時と着陸時にこうして青くなる。全く私のだんなはなんて可愛いのだろう。

「ねえねえ大丈夫？」

「うん」

「顔が青いよ」

「知ってるよ」

彼はそう言いながら、揺れる飛行機に反応して握った手に力を籠める。なんて可愛いだんなだろう。私の可愛いだんなさん。なんて素敵なだんなさん。只今上空〇メートル、という大画面の表示をじっと見つめている彼の目は真剣そのもので、そんな彼を見つめる私の目も、真剣そのもの。なに？　振り向いてそう聞く彼に答える。好き。突然情けない顔になった彼は、よくそんな事言ってられるね今この瞬間にも飛行機が落ちて死ぬかもしれないっていうのに、と言って呆れたように再び大画面に向き直る。彼の手は、もうだくだく。彼が怖がっているところなど飛行機の中でしか見れないため、思う存分目に焼き付けておこうと見つめ続けていても、そんな私を制止するほどの余裕もないようだった。

「シャンパンかジュースはいかがですか?」

突然私たちの前に現れた日本人スチュワーデスに、シャンパンを、と彼が答える。シャンパンだよね? と聞き、私がうんと頷いたのを確認して、二つ、と続ける彼。なんて頼りがいのある、素敵な男だろう。こんな人が私のだんなさんだなんて、信じられないほど幸せでしょうがない。彼を見つめたままシャンパンを受け取ろうとしたら、身を乗り出して彼にくっついていた私の手からごく少量シャンパンが零れた。申し訳ありません。スチュワーデスは慌てたように言って、濡れた彼の膝をおしぼりで拭き始めた。

「大丈夫です」

さっきまで青かったというのに、スチュワーデスが機内を歩き回っているのを見たためか、それとも私以外の他人に怖がっているところを見られたくないのか、彼はもう落ち着き払っている様子で、スチュワーデスのおしぼりを受け取り、濡れた私の手を拭った。全く彼はなんて優しい人なんだろう。

「すみませんでした」

「いえいえ、こちらこそすみませんでした」

謝った私に笑顔で答えるスチュワーデスを見た瞬間、凍り付いた。お前、私のだんな狙ってんだろこの野郎。一瞬にして、私は彼女の思惑を理解した。まず私に手渡そうとしたシャンパンを零したのはわざと。そして彼の膝をおしぼりで拭いたのもわざと（恐らく通常であれば極少量零れただけでそこまでしない）。立ち去るスチュワーデスを睨み付けながら、さりげなくおしぼりを拡げてみる。良かった。あのスチュワーデスの携帯番号が書かれているのではないかと思っていたけれど、そこには何も書かれていなかった。しかし、不安が募っていく。十二時間のフライト、寝ている暇はなさそうだ。私が少しでも隙を見せたら、あの女はどうにか彼を手玉に取ろうと画策するに違いない。この世の中、悪意はどこにあるか分からない。これほどに幸せな私だ。私を不幸に陥れるための罠がそこいら中に仕掛けてあるに違いない。どこにいたって油断ならない。皆が私を憎んでいる。皆が彼を狙っている。不安で不安で仕方ない。私たちは、一体どこに行けば安心してお互いの事だけを思い合えるのだろう。

「ねえずっと一緒にいようね」

「なに、急に」

「一緒にいてくれないの？」

「いるよ。何で急に？　って聞いただけだよ」

「だって何か、急に不安になったんだもん」

「いつもいつも、心配し過ぎだよ」

「そんな事ないよ。これは分相応な心配だよ」

はいはい。と言いながら、彼は私の手を強く握っていてくれた。きっと、恐いからではなく、私が愛おしくて仕方ないのだろう。

「ねえねえ私ソリティアやるよ」

「そうなの？」

「そうなの。ねえ一緒にやろうよ」

「一緒にって、どうやるの？」

「二人羽織は？　あ、じゃあ私がコントロールキーやるから、決定ボタンを担当して」

「俺は映画を観るよ」

彼は冷たかった。でも、ひどい、と泣き真似をすると、テレビモニターを出して、リモコンを操作してソリティアの画面を出してくれた。やり方がわかんない。とぐずると英語の操作説明を訳してくれた。なんて素敵なだんなさん。ソリティアと映画。という別行動ではあったけれど、私たちは時折じゃれながら、素敵なフライトを楽しんでいた。

　しかし十分ほど経つと、機内食の時間がやって来た。またあの日本人スチュワーデスがやって来るのではないかとやきもきしていたけれど、やって来たのは外国人のおばさんスチュワーデスだった。ニク？　サカナ？　という片言の日本語に、肉と魚を一つずつ。私に聞きもせず、彼はそう答える。そう、私たちはいつも別々のものを頼み、半分ずっこするのだ！　二人で食事をしていると、必ず彼の食べている物が美味しそうに見え、一口ちょうだい、とねだるのを知っている彼は、いつもそうやって別々の料理を頼んでくれるのだ。なんて波長が合った夫婦なんだ私たちは。あまりの幸福感に死んでもいいとすら思う。

「ねえねえこのまま飛行機が落ちちゃえばいいのにね。そしたら私たち最後まで一緒に居られるのにね。ねえねえそうなったら幸せなのにね」

「何言ってるんだよ。この飛行機が落ちたら、そういう事言ってた君のせいだよ？」

「何それひどい私の事君って言わないでよ何その言い方。ひどいよ私の事君って言わないでってもう何度も言ってるのに。大体妻の事を君って呼ぶなんてあり得ないよもうこの飛行機なんて落ちちゃえ。いいの？　私祈っちゃうよ？　君って言葉撤回しなきゃ私この飛行機が落ちるように祈っちゃうよ。祈って、願掛けして、呪いかけるよ？　いいの？」

　分かったよごめんよ、そう言って彼は、私の名前を呼んでくれた。なんてひどい男だろう。妻である私を君だなんて、信じられない。憤慨していると、おばさんスチュワーデスが困ったようにトレーを持って立ちつくしていた。ほら、どいて。そう言われて、彼に寄りかかっていた体を座席に戻すと、彼が出してくれたテーブルにおばさんがトレーを置き、微笑みを絶やさず去っていった。彼はやっぱり素敵なだんなさんだ。

「ねえごめんねひどい事言っちゃったね。この飛行機は落ちないよ。私そういう力あるから信じて。絶対に落ちないから」

またすぐに別の外国人スチュワーデスがやって来て、オノミモノハ？　と聞く。彼はやっぱり私に聞かず、白ワインと赤ワインを、と頼んでくれる。ああもうなんて素敵な……。と考えてふと不安が過ぎる。スチュワーデスが彼のグラスを取って白ワインを注いでいる隙に彼のトレーからコースターを奪って裏返す。良かった。あの日本人スチュワーデスが皆をグルにして携帯番号を彼に渡そうとしているのではないかという予想は、外れていた。

「どうしたの？」

不思議そうに聞く彼に、ううん何でもないの、と言いながら私のトレーのコースターも調べた。こっちも、大丈夫だった。もしかしたら、私たちが食事を交換するのを知っていて、こっちに書いたのかもしれないと思ったのだ。良かった。もしかしたらあのスチュワーデスも、別に彼の事を狙っているわけではなかったのかもしれない。ただ親切で、彼の膝を拭いただけだったのかもしれな……。と、唐突にフォークやナイフをくるんでいるナプキンが気になった。もしかしたら、あれの端に携帯番号が書いてあるのかもしれない。また不安になった私は、掛けてあげるの、と言い張って彼のナプキンを拡げた。何も書かれていないのを確認すると、彼の膝に掛けた。ふう。と息をつき、自分のナプキンも確認してから膝にかけた。

　機内食を半分ずっこにして食べ終えると、私たちはまた映画とソリティアに戻った。なかなかソリティアをクリアー出来ないため、つまらなくなった私は彼の観ている映画を覗き込んだり、彼の手を握ったりして時間を潰していた。とその時！　あのスチュワーデスがまた姿を現した！　彼女はトレーを下げる係のようで、前の方から順番に食べ終わった人のトレーを下げていく。またシャンパンを零したりしたら承知しないからな。彼の手を握りながら呪いの言葉を頭の中で繰り返していると、彼女は私たちの隣にやって来て、先に私のトレーを下げた。彼のトレーを下げるその手が彼に少しでも触れたら絶対に許さない殺す！　殺！　と念力を送っていると、今度はそつなくトレーを下げ、去っていった。よし。触れなかった。安心してぐったりしていると、眠くなった。ちょっと食べ過ぎてしまったかもしれない。あの女が彼に手出ししないよう、ずっと見張っていようと思っていたというのに、寝てしまいそうだ。

「ねーえー」

「……ん？」

彼はヘッドフォンをしているため、何か言った？と言いたげな表情でテレビを見つめたまま答える。

「ねえってばー」

「なあに？」

「寝ちゃいそうなの」

「暖かくするんだよ。靴下履かないの？」

「大丈夫だよ毛布大きいもん」

足をばたばたさせると、彼はそう、と頷いてまたテレビを見つめた。何それ何その冷たい態度。そう言ってまたじゃれたかったけれど、リクライニングシートに横たわる私はそんな元気もなく彼の手を握ったまま目を閉じた。

薄く目を開くと、機内は薄暗くて、すぐには自分がどこにいるのか分からなかった。ああそうだ。新婚旅行、タヒチ、帰国、亡命、偽造ビザ、臓器売買……。ぱちぱちと瞬きをすると、彼の後ろ姿が見えた。スリッパを履いている。どうやらトイレに行くようだ。頭の下に置いていたはずの枕を抱きしめているのに気付いて、もう一度頭の下に押しやる。ねえ、と手を伸ばそうとした瞬間、彼は立ち上がって通路を歩いて行った。あーあ。何か甘いお菓子持って来て、って頼みたかったのに。そう思いながらもう一度目を閉じようとした瞬間、私は気付いた。ハメられた……。

きっと、私のワインには睡眠薬が混ぜられていたに違いない。そして私が眠ったのを見計らい、あのスチュワーデスは彼をそそのかし、後でトイレに来てと呼び出したに違いない！　……という事はつまり、彼は今あのスチュワーデスに会うためにトイレに向かっている……？　絶望だ。死だ。もう駄目だ。私の人生は終わった。彼なしの人生など、私には想像も出来ない。彼が一度でも浮気をしたら、私はもう二度と彼と幸せな日々など送れないだろうし、かと言って離婚したり裁判を起こしたりなど出来ないだろうし、生き地獄を味わった末自殺するしか道がなくなってしまうに違いない。もしも生き地獄を耐え忍び、離婚して新しい男を探そうじゃないかと新たな希望を見出そうと努力したところで、彼に裏切られた私は二度と男を信用する事など出来ないだろう。私は一生不幸だ。だって、今まで私がこんな風に信用出来た男は彼だけだったのだから。彼と出会って、私は初めて本当の意味で男を愛する事が出来たのだから。彼と出会うまでの恋愛など、恋愛ではなかった。それは恋愛とも呼べない、ただ男と女が出会って交尾をするという、野蛮極まりない行為でしかなかった。そう私は、彼と出会い初めて人間として本物の愛を手に入れる事が出来たのだ。その私たちの幸せをあんなスチュワーデス一人にぶち壊されるだなんて！

私は飛行機墜落を祈った。もう彼はトイレに着いた頃だろう。もう、トイレで待っていたあのスチュワーデスに触れたかもしれない。手を触れたかもしれない。私の大事な彼の手が？　あの女に？　触れた？　ああもう死にたい。想像しただけで身の毛がよだつ。体中が怒りに震える。何で私がこんな目に遭わなきゃいけないんだ。ねえどうしてひどい。ねえだって、私こんなに愛してるのに。こんなに好きなのに。こんなにずっと一緒にいたいと願ってるのに。どうしてあんな女の所に行こうなんて思ったの。こんなにずっと一緒にいたさっきまでずっと一緒にいようって言ってたのにひどい！

ずっとずっと、一緒にいたいと思ってた。だから出会った頃付き合ってた男とも別れたし、元彼や男友達とも絶縁して、彼だけを見てきた。彼だけが人間だと思い込んで生きてきた。実際にそうだった。私の言語が通じる人は、彼だけだった。私も友達も家族も仕事相手も皆日本人で、皆日本語を喋っているというのに、私は誰とも話が通じた事などなかった。誰と話していてもすれ違っていったし、わだかまりは膨らみ続けたし、諍いばかりだった。私の言語能力が劣っているのかもしれないし、私の理解力が劣っているのかもしれないが、どちらにしろ私は誰とも分かり合えない。そう思い込んでいた。でも彼だけは違った。彼だけは私の言葉を正確に捉えてくれて、話せば話すほどそれまでに感じた事のないシンクロ感を得る事が出来た。ああ私はやっと同じ生き物に出会えた。最後の生き残りとして一匹で生きてきた天然記念物が、初めて同じ種類の動物に出会ったのだ。もう彼と一緒にいる事しか考えられなかった。だから当然の如く結婚もしたし、身も心も全てを捧げる覚悟をした。確かに私は、ずっと一緒にいたい片時も離れないでなどとうざい女のような事を言っていたかもしれない。でもそれは、私の愛の証、そして彼以外に誰も愛せない証、そして私が彼としか関われない証でもあった。誰とも通じ合えない私が、やっと通じ合う彼に出会ったのだそれは一緒にいたくて当たり前だ。それなのに、彼はスチュワーデスの元へ行ってしまった。帰ってくるかもしれない。それでも、彼はスチュワーデスの所に何かを置いてくるだろう。何か、私たちが愛し合う上で必要なものを……。

涙が溢れそうだこのままでは泣いてしまいそうだ。駄目だ。駄目だ駄目だ。泣いてはならない。私は彼に正直に言ってもらいたい。浮気をしたのならば、ヤッてしまったのならば、正直に言ってもらいたい。私が泣いていたら、私を傷つけてしまうなどと考え、彼は私に真実を伝えないかもしれない。神妙な面持ちで、大人の女の面持ちで、何をしてきたの？と聞けばいいそれだったら彼も正直に、自分のした事を話してくれるかもしれない。私が嘘を憎んでいる女だと、彼だって知っている。大丈夫。彼が浮気をしたと正直に話してくれれば、笑って別れてあげよう。大丈夫。私は大丈夫。取り乱したりしない。私は大丈夫。少し泣くかもしれないし、きっと落ち込むだろう。でも大丈夫。浮気をしたと言われても、私は死なないでいられる。ううん死ぬかもしれない。死んじゃうかもしれない。それでも、絶対に彼には弱った所を見せないで、笑って別れてあげなければいけない。大丈夫だよ、そう言って。責めないから。怒らないから。泣かないから。だから本当の事を言って。離婚届だって私が一人で出しに行ってあげる。だから言って。スチュワーデスとヤッて、それで戻ってきて「トイレ混んでた」とか嘘をつくのだけは絶対にやめてお願いだから嘘はつかないで。私大丈夫だよ。大丈夫だから嘘はつかないで。ねえヤッたなら、あのスチュワーデスとヤッたなら、あのスチュワーデスとヤッたと、真実を言って。

ああもう彼はあのスチュワーデスとキスをしただろうか。私たちが、初めてキスをした時と同じように。何だそれは。あのスチュワーデスと彼のキスが、私と彼のキスと同じなわけがない。ああどうしよう。今この瞬間にも彼はあの女のスカートをたくし上げているかもしれない。火照った肉に指を突っ込んでいるかもしれない。体中が怒りに燃えてじりじりとしている。びりびりとしている。彼が私以外の女に欲情し興奮し勃起しているかもしれないなどと考えただけでこの飛行機が落ちて全部なかった事になればいいのにと墜落を祈ってしまう呪ってしまう。さあ落ちろほら落ちろ今落ちろと祈り、落ちない飛行機に地団駄を踏んでしまう。ああどうして、世界は彼が浮気した瞬間に破滅するシステムになっていないのだろう。そうなっていれば、私は彼が浮気をした世界などに生きなくてすむというのに。ああ死にたい死にたい彼が浮気をしている世界なんて破滅すればいい。いや、冷静になって考えてみろ。彼が浮気をした瞬間に世界が破滅するシステムはおかしい。彼が浮気をした瞬間に私が爆発するシステムになっていればいいのだ。それだったら誰にも迷惑をかけなくてすむ。そうか、私は体内にボムを搭載し、彼の性器に感知センサー付きボム爆発リモコンを搭載しておけばいいのだ。いや、そんな事を言っても遅すぎる。彼はだってもう、だってもうきっと、あのスチュワーデスとヤッているんだから！　私が爆発したたけじゃ気が済まないやっぱり世界が滅亡しろ!

ああもう入れているのだろうか。だって、彼がトイレに行ってからもう何秒が経っただろう。わっと入ったトイレ、そして燃え上がっている二人は絡み合いすぐさま挿入するに違いない。ああもう彼の性器はあの女のマンコに擦れているのかもしれない。ああもう死ね。破滅だ死ね。落下だ。あるいは世界の滅亡だ。いや違う私の破滅だ。私の体にニトログリセリンがあったならば……。もう駄目だ彼が浮気しているかもしれない世界になど生きていられない。死にたい。睡眠薬を過剰摂取しようか。そう思うも、持ってきている睡眠薬の量では死に至らないと気付く。ああもう最低だ。飛行機に刃物などないだろうし、首つりをするにしてもどこですれば良いのか分からない。ああもう駄目だ死ぬ。私は死ぬ。自死してしまう。細胞が自殺していく予兆が感じられる。ああ良かった。きっと彼が浮気をした瞬間細胞がそれを察し、浮気を知った後の私の絶望や苦しみを想像し、そんなに苦しい思いをするのならば、と自殺していくシステムになっているのだろう。ああ良かったきっと私は安らかに死ねる。彼の浮気を知る事もなく……。

二人は激しく求め合っているのだろうか。本当に、彼は遅い。彼が去ってから、もう一分は経ったかもしれない。死ねばいい。みんな死ね。死ね死ね死ね。私死ね。

「起きたの？」

振り返ると彼がいた。思わず涙が溢れそうになる。うっ、と言葉に詰まる。

「そろそろ起きるかと思って、お菓子持ってきたよ」

彼は私にクッキーとオレンジジュースを手渡して隣に腰掛けると、すぐにシートベルトを締めた。クッキーをかじると涙が出た。ジュースを飲むと涙が頬を伝った。

「どうしたの？」

心配そうに私を覗き込む彼にグラスを渡すと、私は彼の胸に顔を埋めて彼のワイシャツに涙を擦りつけた。

「恐い夢でも見たの？」

ぎゅっと彼を抱きしめながら何度も頷いていると、頭に温かい感触。彼の大きな手に包まれる私の頭。さっきまで絶望の淵にいた私は今、彼の胸の中にいる。しがみついていると彼の困ったような声。

「ジュースが零れちゃうよ」

「私今死んでもいいくらい幸せ」

「だから、そういう事言わないでよ。この飛行機が落ちたら君のせいだよ？」

なんて素敵なだんなさん。私の可愛いだんなさん。もう離れられない死んじゃう。

これから交わされる会話を、私は八割方予想出来る。この記憶力の弱い私ですら暗記してしまうほど、シンとは同じ話し合いを繰り返してきた。結婚して以来ずっと同じ題目で話し合っているという事は、一生解決しないという事なのかもしれない。そんなの嫌だ。そう思って話し合う。でももう、それがただの時間の浪費であると、私も知っている。それでも止まらないし、止める気もない。

「シンは何でいつも部屋に籠もるの？」

「だから、もう何度も言ってるじゃない。俺には一人の時間が必要なんだよ」

「愛し合ってるんだったら二人でいるべきじゃないの？」

「それとこれとは話が別だよ」

「一人の時間っていうのは何のために必要なの？」

「精神的な余裕のためでもあるし、自分自身のためでもあるし、とにかく必要なんだよ」

「一人で何をするの？　ゲームをしたりとか、本を読んだりとか、そういう事？」

「具体的に何をするかが問題ではなくて、そうした余裕のある空間自体が必要なんだよ。

逆に聞くけど、リンはどうしてそんなに二人でいなければならないと思うの?」

「だってお互いに好きなら出来る限り一緒にいるべきでしょ?　だって明日死ぬかもしれないのに、残された貴重な時間を共有出来ないなんて耐えられない」

「不吉な事言わないでくれよ。明日死ぬかもなんて考えてたら会社にも行けない。とにかく、俺は一人になる時間がなければ自分を保ち続ける事が出来ないし、不安定になっていくし、ストレスが溜まるんだよ。一人になる時間がない状況で生活なんて出来ない」

「つまり、一人の時間を犠牲にするくらいなら離婚するという事?」

「ずっと一緒にいる事を強要され続けたら付き合っていけないよ」

「じゃあ私が我慢するしかないの?」

「そうだね。でもそんなの当然の事なんだよ。自分の時間が全くないなんて状況は俺にとって死に等しい」

「シンは私が、二人でいたい、それが通らなければ別れると言った場合、別れるの?」

「そうだね」

男に求められたい欲求。男を手に入れたい欲求。このどちらかが満たされていなかったり、満たされる欲求が偏っている場合、大抵のメスはヒステリーを起こす。マンコがキーッとして、冷静ではいられなくなる。ヒステリーとは何だ？　マンコの病だ。

「マンコが怒ってる」

「何？　またヒステリー？」

「うるさいてめえのせいで私は満たされねえんだ何だその顔。何だその無表情っつーかこっちを見下したような顔は！　いつもそうだなあんたは。いつもいつも女をバカにしたような顔しやがって。どうしてだよ私はあんたの事こんなに求めてんのにあんたはいつもいつもそうやって私を突き放して冷静な顔してやがんな。何だてめえクール気取ってんのか？　クールビューティーか？　死ね」

「ちょっと仕事してくる」

「部屋でか！」

「ヒステリーなんでしょ？」

「つーかその部屋に籠もるのが原因になって喧嘩してんのに部屋籠もんのかてめえ」

「女のヒステリーには付き合えない」

どこか憂いを帯びた表情でそう言って、シンはリビングを出て行った。てめえこの野郎死にてえのか斧でてめえの部屋のドア壊してシャイニングばりのホラー映画作ってやろうか！　背中に投げつけた声も無視され、シンの部屋のドアが閉じられる音を確認すると、慌ててＣＤウォークマンのイヤホンを耳に差し込み、「ノンストップ潑剌トランス」をかけた。ぽうっ。ひゅうっ。リズムに合わせて踊っていると、体が温まり、暖房を消した。私は何故こんなにも面倒な人間なのだろう。暖房を見上げて自分の面倒臭さを思い、踊りながら涙を流した。

今日はわざわざ来てもらっちゃって、すみません。あ、どうぞどうぞ。高原さん、何飲みますか？　あ、煙草吸いますよね、灰皿持ってきますね、ちょっと待っててください。立て続けに色々な事を言って、小林は席を立った。このホテルには一週間前にも取材を受けに来たが、相も変わらず、無機質でありながらどこか憮然とした様子で都心に突っ立っているこのビルを見上げると、いつも目眩がする。見上げなきゃいい。それは分かっている。それが出来ないから、私はいつもこのホテルに来ると目眩を起こす。

小林は斜め向かいのテーブルに置いてあった灰皿を持ってくると、ばすんという音をたてて向かいのソファに戻った。ここのロビーには禁煙席などなく、テーブルにはいつも灰皿とマッチが置かれているはずなのに、何故このテーブルにだけ灰皿がなかったのだろう。

そう考え、ふと小林に目を留める。きっと、禁煙を始めたばかりの小林の策略に違いない。小林は最近、私が煙草に火を点けるたび、何やらそわそわし始める。何てうざい奴だ。

「どうぞどうぞ。取材五時からなんで、しばらく休んでてください。何飲みますか?」

カフェラテを、生クリーム大盛りで。そう言った瞬間、小林の表情が軽く曇ったのを見逃さない。じゃ、僕ちょっと注文してきます。そう言って席を立った小林の微笑みが軽く歪んでいるのも見逃さない。私はいつも観察している。一人の人間をじっと観察していると、死期などもある程度予測出来るようになるのだ。嘘だ。いや本当だ。しかし思っているだけで誰にも言わないため、それは嘘でも本当でもない。こうして頭の中で下らない事ばかりを考えているために、私の頭の中は常に独り言が響いているような状態だ。毎日毎日つまらない日常をつまらない独り言でつまらなく解説する事によって、つまらない日常をよりつまらなくする事を目指して、私は生きている。時折、私の中には数人の誰かが生きているのではないかなどと考える事があるが、それは嘘だ。妄想だ。私の中にあるもの、それは全て私だからだ。私の中の数億人もの私、それを包むラッピングとしての私、それら全てを含めて一個体としての私だ。数億もの私が私の中に生きているため、私の言う事も考えている事も矛盾ばかりだが、それは包みの中の私たちが引き起こした矛盾でしかない。そう割り切ればまだいいが、結局のところ中身の私たちが引き起こした矛盾の責任を取るのは私だ。そんな面倒な時こそ、どこか遠い国の私に責任を被せようと思うのだが、そういう時に限って人格は統合されてしまい、いつもこの私が責任を取る事となり……。はっ。と笑って煙草に火を点けた。頭の中で私たちがせこせこと色々な事を考え、また破綻してきたのがおかしくなったのだ。

「どうかしましたか？」

丁度戻ってきた小林が不思議そうな顔で私の笑みの理由を問いただす。いや、別に私は問いただされているわけではない。そう、被害者ぶりたがるのは良くないとシンが言っていた。

「いえ。何でもないです。それで、今日の取材は、何でしたっけ」

「いやだなー、高原さん企画書見てくれてないんですかー？」

「あ、すみません。一応目は通したんですけど、プリントがいっぱいあったんでどれがどれだか分からなくなって」

「ま、そんな事だろうと思って、ここ来る前にプリントしておいたんですよ。はい」

小林が差し出した数枚のプリントをぺらぺらとめくるが、文字が頭に入ってこない。改行の少ない文章のせいか、文字が固まりに見えて仕方ない。幾つかの四角い文章の固まりが、図形として頭に入り込んでくる。失読症とでもいうのだろうか。最近このような症状が頻繁に現れる。自分が書いた原稿を読み返していても、突然それが図形にしか見えなくなり、内容が全く分からなくなってしまうのだ。この症状が出始めたのはいつ頃だっただろう。……別にいつ頃からでもいいし、むしろ生まれた時からでも別に構わない。そう思えるようになると、ロビー脇のカフェから届いたカフェラテの生クリームをスプーンで掬った。企画タイトルだけでもきちんと読んでおこうと思い、企画書の上の方を見ると「ドリーマーズドリーム」という文字が目に入る。先月刊行となった、新作の宣伝をしたがる小林のためにも、と積極的に取材を受け続けていたものの、小説と私の隔たりを認めようとしない生真面目な取材に飽き飽きして、異色系の取材でも受けてみようかと妙な気を起こしたのが間違いだ。全く、私がドリーマーズだなんて。

「つまりまあ、夢についてですよね」

「まあ、そうですね」

ところで、どっちの夢だろう。「将来、希望、夢」の方だろうかそれとも「奥の細道でダースベイダーの仮面拾う夢見たんだよ」の方だろうか。ダースベイダーの仮面？　ああそうだ。それは私が一昨日見た夢だ。まあ、ファッション誌のインタビューで「ダースベイダー……」の方はないだろう。そう思い「夢、希望、みたいなネタが私から出てくると思ってるんですかね」とおどけてみせると、小林は少し驚いたような表情を見せ、向かいの席から私の手元にある企画書を覗き込んだ。

「何言ってるんですかー。寝てる時に見る夢の方ですよ。ほら、書いてあるじゃないですか、著名人に聞く、最近見た夢。って」

ああ、ほんとだ。もう一度企画書に目をやっても、その重要な部分を探し出す事は出来なかったけれど、まあどこかに書いてあるのだろうと思い、適当に頷いた。どうしよう。このままだと私はダースベイダーの話をしてしまう。他の夢など一つも思い出せない。奥の細道でダースベイダーの仮面を拾う夢、そんなぬるい話をしてしまって良いのだろうか。いや、もっと何か、ユーモアのある、小咄のような、気の利いた話をしなければ。面白い話を捏造しなければ。そう思い、小林の言葉を適当な言葉で流しながら考え込んでいる内に取材班が到着し、私は一時間奥の細道でダースベイダーの仮面を拾う夢と、その夢から分かる今の自分の精神状態について話した。どうやら私は今欲求不満らしい。

なんて失態だ。なんてバカ女だ。私はなんてバカな……。取材班が帰った後、自己嫌悪に肩までどっぷりの私に向かって、小林はまた数枚のプリントを手渡した。

「これは何ですか？」

「二件目の取材の企画書です」

プリントを受け取って一瞬固まる。おいおい一件だけだと思ってたよ。何だい小林君、君は私をハメたのかい。そう思いながら企画書を見やると、レイアウトに見覚えがあった。ああそうか。今日は取材一件だけ、というのは私の勘違いだったのか。自粛しなければならない。私は常に自分が正しいと思い込み、人を嫌な気持ちにさせてばかりだ。私にだって間違える事はある。私にだって失敗はある。自分に対しても、そして他人に対しても、私はもっと寛容であるべきだ。シンもよく言っているではないか。「リンは自分以外の人を人と思っていない」と。それにしても全くひどい男だ。つきあい始めて二年。結婚して一年が経とうとしているというのに、何故いつまでも私の事を勘違いするのだろう。やはり、彼は私に興味がなく、実際の所全く私を見ていないのではないだろうか。だから誤解をするのではないだろうか。私の事をきちんと理解しているのであれば、私が他人を見下しているなどとは絶対に思わないはずだ。私はこんなにも、他人に対して心を開き、全てを受け入れる姿勢で生きているというのに。おっといけない。またマンコがキーッとするところだった。自分は愛されていないんじゃないか、と疑心暗鬼になっている女はヒステリーを起こしやすい。つまり今の私のような女の事だ。全く私は、何と理解のある人間なのだろう。ここまでの客観性、そして社会性を持ち合わせた女は、世界中を探しても私の他に十人もいないだろう。はっ。また、自分の中で何かが矛盾してきたような気がして、考えるのを止めようと、鼻で笑った。小林がそれにまた嫌そうな表情を浮かべたのも見逃さない。人は、向かい合って座っている人が突然鼻で笑ったらどう思うだろう。まあ恐らく、大抵の人は自分が笑われていると思い、嫌な気分になるに違いない。

「すみませんでした」

「え、何がですか?」

「何か少し、いい気になってました」

「え? 何でですか?」

「いえ」

人は、さっきまで鼻で笑っていた人に突然謝られたらどう思うだろう。

「いや、そういうんじゃないんです。別に、そういう事ではないんです。大丈夫ですから」

「え、え、何ですか？」

何でもないんです本当に。と続けようとしてはたと思いつく。何でもない何でもない、と言っていたら、より不信感を募らせるに違いない、と。当然だ。謝った挙げ句に何でもないんですなどと言い張っていたら不審としか言い様がない。何か嘘の理由を口にした方が良いだろう。

「いや、さっきのインタビュアーの持っていたペンがとっても可愛かったのを思い出して」

「ああ、そうでしたっけ」

元々、この話はどこから始まったのだったか。考えて気付く。そうだ、この話は私が鼻で笑ったところから始まっていたのだ。しかしそうなると、また新たな破綻が生まれた事となる。だって、さっきのインタビュアーの持っていたペンが可愛かったのを思い出して鼻で笑うのは、おかしい。本当に可愛いペンを思い出していたのならば、ふふ、と微笑んだり、あれはどこで売っているのかしら、などと心優しい乙女のような顔で首を傾げたりしてみせるに違いない。また何か言い訳をしなければならない。私は正気だと、アピールしなければならない。全く、人と話すのは何て面倒な事なのだろう。

「いやいや、そういうんじゃなくて、えっと、つまり何だか、そうそう、あのインタビュアーの人、すごい顔してましたよね」

「あっ、僕も思ってたんですよー。すごい顔でしたよねー」

「ですよね。何かもう、見てて笑いそうになっちゃって。すみません、何か人の顔がおかしかったとか、言わない方がいいだろうなー、と思って、変なペンの話とかしちゃって」

「いやー、僕も高原さん笑ってるの見て、多分さっきの人の顔思い出してんだろーなー、って思ってたんですよ。すごい顔でしたよねーほんと」

「ほんと、すごかったですよねー」

良かった。全てが丸く収まった。やっと収まった。これでもう大丈夫だ。もう思い悩む事はない。ほっとしてラテを一口飲むと、しばらく瞑想をした。人と向かい合って適当な世間話をしながら瞑想をするという技を身につけたのは最近の事だ。なんていう、嘘でも本当でもどうでもいいというかむしろそういう事考えてる人ってバカみたい、みたいな事を考えていると、また次の取材班がやって来た。ああ、いけないいけない企画書を読んでおくのを忘れてしまった、と思いながらインタビュアーと編集者とカメラマンから名刺を受け取る。三人とも、オープンテラスでハーブティー、お風呂でアロマキャンドル、手帳に「夏までに3キロ痩せる」の文字、的な女だ。椅子に座り直してちらちらと企画書を見やると、「自立した女」という見出しが目に入り、とても嫌な気分になる。何故こんな取材を受けるなんて言ってしまったんだろう。いや、本当に私は受けると言ったのだろうか。やはりこれは小林の陰謀ではなかろうか。小林には、とりわけ女性誌の取材を重視しているふしがある。「自立した女？　これは本の宣伝になるな……」などと勘違いをし、勝手に受諾したのでは……。

「本当に、今回はお受けくださってありがとうございます」

「こちらこそありがとうございます」

小林を疑いの目で見つめながら、また企画書をちらちらと眺めている内に全てを思い出す。家のファックスから垂れ流されていたこのプリントを見つけたシンが、「自立した女っていうテーマで、どうしてリンに依頼するんだろうね」とバカにした口調で言ったため、むきになって受けると言い張ってしまったのだ。全く、バカな女だぜ私は。「バカな女」というテーマだったらいくらでも話す事はあるというのに。まあ、自立した女などという記事のインタビューを私に依頼してくる方がおかしい、と開き直る事も出来るが、受けてしまった以上、きちんと自立した女らしい事を言わなければ。カメラマンが照明を設置している間に、自立した女の顔を作っていく。私は万能だ。何でも出来る。私は最高に自立した女だ。

「では、まず高原さんにとって自立した女というのはどのような女性の事でしょうか」

「そうですね、まあ少なくとも私のような女性ではないでしょうね」

せっかく自立した女の顔を作ったというのに、何故私はそんなにも、身も蓋もないほど正直に答えてしまったのか。何しろ「自立した女」の記事で私にインタビューを依頼したという事は、少なくともこの編集者は私を「自立した女」だと思って依頼したに違いない。それが取材開始の第一声で私は自立していませんときっぱり否定されたらどう思うだろう。やはり、じゃあ何で受けたんだよ、と思うに決まっている。

「でも、高原さんはご結婚もしてらして、仕事もしてらして、前に拝見させていただいた雑誌のインタビューで、家事もきちんとこなされていると読んだ事がありますよ。家庭と仕事の両立が出来るのは、自立されている印象が強いのですが、ご自身では自立出来ていないとお感じになりますか？」

ご結婚、とか、させていただいた、とか、ご自身、とか、お感じに、とかいうインタビュアーの妙に気取った喋り方が気になる。大体、おまいさんの考えているご結婚と、私のご結婚を一緒にしないでもらいたい。不愉快だ。いや、もっと言えば、私はこのインタビュアーの顔を見た瞬間から不愉快だった。彼女を見て、私は瞬時に理解した。この女は、私が作家でなかったとしたら私を見下しているはずなのだ。何この下品な女、実際であればそうやって見下しているはずなのに、取材相手である手前バカ丁寧な言葉遣いをし、微笑んでいるだけなのだ。全く、何がご結婚、だ。結婚て言え！

相手の喋り方が気になっていると、いつの間にか相手の真似をしてしまう、という自分の悪い癖を思い出して血の気が引くが、記事のゲラを見せてもらってちょちょいと手を入れ口調を変えれば良いだけだと思い直す。

「そうですね。もちろん仕事と家庭の両立は出来ておりますが、私の場合仕事は在宅で出来るものですので、仕事というよりも日課のようなものとなっておりますので、実際のところ両立と言えるほど大層なものではございません」

ああ気持ち悪い話し方だ。それに、私の妙な口調に気付いた小林が見入っていた手帳から視線を上げ、怪訝そうに私を見ている。直さなければ。しかも、今の言葉を文字におこしたら文章的にもかなりミスのあるものに仕上がるに違いない。言葉を扱う仕事をしている私がこんな話し方をしてしまったら、きっと笑われる！

相手の一言一言、自分の一言一言に、一々細々とした感想を頭の中でこねくり回している内に、一時間ほどで取材が終了した。私は人と話すのが嫌いだ。人と話すとこのように、自分の嫌な所ばかりが露呈する。相手には露呈しないでいられる事も多いが、自分自身には否応なく露呈されてしまう。私は、自分を知るのが嫌だ。数億もの私、それを一人一人理解し認識し受け入れていくなどという行為は、拷問に等しい。独り相撲や、自嘲や、一人芝居、などとも等しい。

「お疲れ様です。じゃあこれ」

小林が差し出したプリントを見つめて、首を捻る。これは……？　と呟くと小林が困惑したように三件目の取材の企画書です、と答える。おかしい。こんな取材、絶対に受けるなどと言っていないはずだ。今度こそ小林の陰謀に違いない。いや待て。私は、人を疑う前に必ず、私の中の私たちを疑うべきだ。

「ちょっと、トイレに行ってきます」

「あ、はい。どうぞ。そうだ、何か飲み物おかわりしますか？」

「生クリーム、を」

「生クリームだけですか？」

「はい」

小林がまた微妙に嫌そうな顔をする。小林が嫌そうな顔をしても私には気にならない。相手の嫌そうな顔が気になるのであれば、嫌そうな顔をさせるような事は言わないのだ。私は、私の注文を快く受け入れてくれる人と、私の注文に嫌そうな顔をしても別にどうでもいいと思える人にしかこういう事は言わない。全く私はよく出来た人間……。

目眩がするほど照明の強いトイレに入るとすぐにシンに電話をかけた。

「もしもし？ どうしたの？」

「あのね、聞きたいんだけど私『UFO通信』っていう雑誌の〝私UFO信じてます〟っていうページの取材依頼受けるって言ってた？」

「言ってたよ。俺は止めたけど」

「私はどういう意図で受けるって言ってた？」

「この前バーで飲んでる時、酔っぱらって企画書読んでて、何これちょーウケるとか言って、絶対受けるって言い張ってた。その場で小林さんに受けます、って電話してたよ。だから多分、意図とか関係なくただ面白いから、っていう理由だと思うけど。全然覚えてないの？」

「思い出した。ありがとう」

　電話を切って鏡を見つめていると涙が溢れてきた。どうしていつもこうなってしまうのだろう。いつもいつも、私のやる事には一貫性がない。そしていつも破綻する。耐えきれず、もう一度シンに電話をかけると開口一番で、どうしたの？　と露骨に迷惑そうな言い方をされた。

「もうやだ帰りたい。シンも来て同席して。私ＵＦＯ信じてないし、第一ＵＦＯについて考える事なんて二年に一回くらいしかないし、きちんとインタビューに答えられるなんて思えない。お願いシンも来て」

「無理だよ」

「どうしても？」

「絶対に無理だよ。この後打ち合わせが二件入ってるから」

「ＵＦＯについて話さなきゃいけない私と打ち合わせとどっちが大事なの？」

「打ち合わせだよ。大体酔ったノリで受けるなんて言うのが間違ってる」

「でも今更そんな事言ったってしょうがないじゃない。だってもう取材班あと十分くらいで来ちゃうんだよ？」

「だから、自分でどうにかしなさいっていう事だよ」

「ひどい」

「じゃあ、俺はもう打ち合わせに行くんで」

「何その他人行儀な言い方」

「じゃあ、失礼します」

「何その他人行儀な……」

電話は切れ、私は仕方なくＵＦＯについて考えてみた。ＵＦＯはいる。絶対にいる。冥王星辺りにいる。絶対に……。冥王星を、そしてＵＦＯや宇宙人についても具体的に想像する。ＵＦＯは必ず存在している。科学で解明出来ない事柄が、この世には満ちあふれている。私は宇宙の神秘を信じる。いやむしろ、私はＵＦＯを見た事がある。そう、子供の頃に一度だけ黄金に輝くドーナツ型のＵＦＯを見た事がある。そう。忘れていただけだ。私はＵＦＯを見た事がある。それもかなり、鮮明に……。何故、何故そんなにも鮮明に？そう。私は子供の頃、ＵＦＯに誘拐された事があるのだ。宇宙人に記憶を消されていたため、ずっと思い出せなかっただけなのだ。そう、私はＵＦＯに誘拐された事がある……。

「無理だ」

呟くと、ロビーに戻った。何故か具合の悪そうな顔をしている小林を無視してソファに座る。あ、生クリームだ。美味しそう。そう言いながらグラスにもりもりと盛られた生クリームを食べていると、小林が少しだけ嬉しそうな顔をした。努力が報われた瞬間というのは誰でも嬉しいものだ。一度は辛かったり、嫌だったりした事も、その努力が報われれば一瞬にして全てが水に流れるというものだ。私は、自分が我が儘な女だと思われる危険を冒してまで、そのような幸福を与えてやったのだ。小林よ喜べ。などと考えている内に、取材班が到着した。ライターはおらず、『UFO通信』の編集者だというマッチョな男がインタビューをするらしく、私の向かいに座る。そうだ、まずどうして私にこのような取材依頼をしたのか聞いてみよう、先手必勝だ。と口を開きかけた瞬間、男は喋り始め、私は口を閉じた。

「取材をお受け頂いて、ありがとうございます。最初はだめ元で依頼したんですが、お受け頂けるとの事で、逆に驚きました」

「ええと、いや、えっと、ありがとうございます」

「いやあ、高原さんの書いている小説はどれもどこか神秘的で、その神秘性はどこから生まれているのだろうと思いまして。そこで、もしかしたら超常現象や、いわゆる幽霊ですとか、UFOなどの存在を信じているのではないかと思ったんです」

私の小説が神秘的？　嬉しい事を言ってくれるではないか。確かに私の小説は全ておしなべて神秘的だ。神秘性のないものに、魅力などない。しかしそれを超常現象及び幽霊UFOと結びつけるというのはあまりに短絡的解釈ではなかろうか。この男は私をUFOの存在に依存した女だとでも思っているのだろうか。ああムカつく。腹が立って仕方ない。

しかし私は、このような場でヒステリーを起こさない。以前、シンと約束をしたのだ。人前では絶対に取り乱さない、と。

「まず、高原さんがUFOの存在を信じるようになったきっかけは、何ですか？」

「私、UFOはいないと思います」

インタビュアーがそしてカメラマンがそして小林が、一瞬固まった。その瞬間彼らが感じた焦燥や肩すかしや不快感を、私はこれからどうにかしていかなければならない。私の言葉で、彼らに言い訳をしなければならない。そして彼らを、納得させなければならない。大業だ。私にその役目が務まるだろうか。そう。ここから私の偉人伝説が始まる……。

「いやー、びっくりしましたよ。UFOの雑誌の〝私UFO信じてます〟って記事のインタビューでUFO信じてないって言うんですもん。ちょっと感動しちゃいましたよ」

小林の言葉は私の心に届かない。感動しましただと？　こちとら恥ずかしさの余り目の前の箸で自分の喉をえぐってやりたい気持ちだというのに、何と察しの悪い男だろう。いや、もしかしたら小林は、私が恥ずかしがっているのを知っていて、その恥ずかしさを軽減させるために言ってくれているのかもしれない。だとしたら私は心優しい小林に感謝すべきだ。そして、察しが悪いなどと考えてしまった自分を戒めるべきだ。いやしかし待て。もしかしたら小林は、私がこんなにも恥ずかしがっているのを知っていて、逆にその恥ずかしさを増長させるためにあんな事を言ったのかもしれない。だとしたら、察しが悪いなどと考えた私の方が察しが悪いという事になる。そして私はそうして私をバカにしている小林を憎むべきだ。私は、私を愛する者を尊重する。私は、私を軽蔑する人間を憎む。

「で、どうですか？　原稿は」

「原稿？」

「そうです。進みは？」

原稿の進み。それはまた別の話だ。

「進んでいますよ」

それでも、嘘をつかなければならない時もある。

「そうですか。いやー、安心しました。締切には間に合いそうですか？」

原稿の進みと締切もまた、別の話だ。進んでいるからといって、締切に間に合うというわけではない。第一、進みが止まらないのであれば、こうして私は小林と食事をしていない。今も家でパソコンに向かっているはずだ。これは言い訳ではない。

「ええ、絶対に間に合わせます」

しかし嘘に嘘を重ねなければならない時もある。

「大丈夫ですか？　何かあったら相談乗りますんで、言ってくださいね。新刊出したばっかりなのに、無理矢理連載頼んじゃったような感じだったんで、気になってたんですよ。でも、うちの編集部も盛り上がってるんですよ。連載一回目にどんな原稿が来るのか、楽しみにしてます」

プレッシャーかよ。小林のくせに。

「長編は久しぶりなので、私も楽しみです」

「……え？」

「いえ、楽しみながら書いています」

小林は少しだけ疑心を持ったようだったが、すぐに思い直したように小鉢を手に取った。この男と食事をするといつも気が滅入る。いや違う。私はシンと一緒にいる時以外、常に気が滅入っている。そう、だから私はシンと一緒にいたい。だから、シンが部屋に籠もると辛い。シンが私と一緒にいる事を望んでいないという事実が行動で示される時、その時私はずっと、毎秒毎秒絶望している。秒単位の絶望、それは確実に、日々、私の中身を少しずつ蝕んでいく。

部屋に帰ると、スミス・スミスにただいまと言う。シンがまだ帰っていない事は知っている。食事をし、バーで少し飲んだ後小林と別れ、タクシーに乗ってすぐシンに電話をかけたが、留守電に切り替わった。きっと、打ち合わせの後そのまま飲みに流れたのだろう。ねえ、と家のどこにいるのか分からないスミス・スミスに呼びかける。返事はない。別に何とも思わないが、気落ちしたままリビングのコーナーデスクに向かった。小林に送る原稿を書かなくてはならない。しんとした部屋にパソコンの起動音だけが響く。しかし何故小林の依頼を受けてしまったのか、自分でも理解し難い。きっと、文章を書く時の私とは違う私、恐らく酔っぱらった拍子か何かに出てきた私が、私の事じゃないから、などと思い適当にいいですよ書きますよ、と答えてしまったに違いない。文章を書く時の私以外の私が受けた依頼の責任を、文章を書く時の私が負わなければならないというのも、妙な話だ。しかし、依頼を受けた時の私は私という他人だったので書けません、と言ったところで正気を失った人間だと思われるだけだ。私は正気を失っていない。それを証明するために生きていると言っても良い。しかし誰かに、あなた正気ですね。と一言で私の正気を肯定されたとしたら、私はきっと何か割り切れない思いを持つに違いない。日々、小説を書いたり、人と話したり、公の場に出る事により、私は周囲に正気を証明する。しかし、正常ですね正気ですねとあっさり太鼓判を押されたくはないのだ。全く何という矛盾。私の話や考えにはおおよそ矛盾がつきものだ。まあ恐らく、ほとんどの人がそうだろう。かといって、私は投げやりに「矛盾なんてどうでもいいでしょ」と思って生きているわけではない。矛盾が生じている事に不満や不安を感じているからこそ、私はこれほどまでに思い悩み、死んでいるのとそう変わらない生きた生活を送っているのだ。こんなにも無為な人生に光を与えてくれたのはシンだけだった。私はシンと出会い、少しずつ自分自身の意味を見出していく事が出来た。それなのに一緒に暮らし始めてからというもの、シンは毎日のように自室に籠もり、私に生きる意味を見失わせてばかりだ。何故私を疎外するのか。

何故私という国から鎖国するのか。何故私という世界に生きないのか。全く理解し難い。チッ……という音に顔を上げるものの、部屋の中に変化はない。恐らく、スミス・スミスが帰ってきた私に合図をしてくれたのだろう。

「ただいま」

再び言ったけれど、返事はなかった。気まぐれな奴だ。スミス・スミスは何かを言われたら返事をするという、いわゆるキャッチボールコミュニケーション能力を持っていない。それはつまり、私が投げても投げても投げても投げても、避けて避けて避けて部屋に籠もってしまうシンと同じようなものだ。何故私のボールを受け止めないのか。甚だ疑問だ。いや、疑問などではない。私は見ないふりをしているだけだ。本当のところは分かっている。シンには私のボールを受け止める度量がない。あるいは、受け止める気がない。それだけの事だ。そして私は、投げたボールを男に受け止めてもらえない寂しさを受け止める力がないから、それを無視し、何故私のボールを受け止めないのかと不思議がってみせているだけだ。ばかばかしい。どうでも良い事だ……。と、こうしてどうでも良くない事をどうでも良い事と思い込むための努力を重ねている内に、私はどんどんと、バランスの悪い女になってしまったように思う。だってどうだ。この、誰にも負けないスタイルの良さ、溢れんばかりの才能、人々に愛されるべくして生まれてきた美しい顔立ち。それらを持ち合わせているにもかかわらず、私のスタイルは常に服という異物に包まれ、超常的な才能が遺憾なく発揮されている文章は誰にも理解されず、顔はと言えば常に下手くそな化粧に覆われている。服を脱げ化粧を落とせという意見には感心しない。脱いでも落としても、結局誰も私の素晴らしさには気付けない。そしてきっと、誰も気付けない素晴らしさなど、素晴らしさではない。つまり、私は素晴らしくない？　それはまた別の話だ。基本的に、私が認めたくない話は別の話だ。

大声でボレロを歌う。デスクに向かってからずっと、キーボードに落とした指先が思うように動かないのだ。指先が動かないだけで、書けないわけではない。指先さえ動いてくれれば、そこには素晴らしい文章が生まれる。しかし指先が動かない。だから仕方のない事だ。私の指は恐らくリウマチなどを患っているに違いない。しかし、いかんせん私はこしばらく忙しく、病院に行く暇がない。だから仕方のない事だ。破綻は日常に溢れている。

はっとしてボレロを歌うのを止めると、がちゃがちゃと鍵が開く音が聞こえる。わっと椅子から立ち上がると、走った。玄関で靴を脱いでいたシンは、私に抱きつかれてバランスを崩したのかふらふらしながら「後にして」と言った。

「シンおかえりねえ大変だったのＵＦＯについて一時間も話したの私」

「どうだった？　上手く話せたの？」

「ううん全然。もう最低だった。でも小林さんは褒めてくれたんだよ」

「そう。これからはきちんと企画書を読むんだよ。あと、酔ってる時に取材の受諾はしない事」

　今日一日、どれだけ辛かったかを話すと、シンは頭を撫でてくれた。抱っこをせがむと抱きしめてくれた。本当にもう幸せで幸せで、人と触れ合うとこんなにも温かいんだ、という新鮮な感動を噛み締める。毎日、シンが会社から帰って来て抱っこをしてもらうと、その温かさに感動する。シンに触れられない時間、私はいつもその感動を忘れてしまう。

「シンは今日何してたの？」

「急な打ち合わせが三件も入って、忙しかったよ」

「わんこちゃんもがんばったんだね」

「俺は犬じゃないよ」

「知ってるよ私がシンの犬だよ」

「もっと素直で従順な犬がいい」

「これ以上私に何かを求めるなんて愚かしいよ」

「もっと素直で従順に」

「これ以上私に何かを求めても無駄だよ。私はこれ以上シンを愛せない」

「愛よりも、素直さと従順さを」

「何それひどい」

「愛していれば、相手が自分に求めるものを手に入れようと努力するものだよ」

「でもシンは素のままの私を求めてくれた」

「昔は、素直で従順だった」

「何それ私が我が儘になったたって言うの？」

「素直だったよ。とても」

「……今でも素直だよ」

ここで突っかかってしまえば、シンはすぐに部屋に籠もってしまう。シンは人に責められたり、人に怒られたりするとすぐに逃げる。責められる事怒られる事を極度に恐れている。臆病な犬のようだ。しかしそれは私も同じだ。シンが部屋に籠もってしまうのを恐れ、言いたい事も言わない。臆病な犬だ。臆病な犬同士の生活は、神経質に、ナイーブに、継続していく。繊細なものを扱うように日々を生きるのは辛い。しかし繊細なものが大切である限り、私は神経質に、ナイーブに、生きていく。私はもう、シンのいない生活なんて想像も出来ない。ナーバスドッグズ。という言葉が浮かんで、マジックで手の甲に書き留める。今回の新連載のタイトルにしようかと思いついたのだったが、すぐに陳腐なタイトルだと思い直し、一瞬の後にぐしゃぐしゃと塗りつぶす。

「何それ」

「知らない」

シンは不思議そうな顔で覗き込んだけれど、解読不能だったらしく、すぐに興味をなくしてテレビを点けた。一時間もリビングにいると、シンは煙草をポケットに入れ「仕事してくる」と言って立ち上がった。どんな仕事してるんだか！　という言葉で強がってみせたものの、黙ったままリビングを出て行こうとするシンの背中に飛びついて抱きしめてしまう。

「すぐ戻るよ」

「すぐって？」

「すぐだよ」

シンは私の伸ばした手を温かい手で包み、すぐに放して部屋を出て行った。シンの部屋の戸が閉まる音がして、慌ててCDウォークマンのイヤホンを耳に差す。再生ボタンを押して音楽が流れ始めるまでの僅かな間、発狂しそうな焦燥が体中を駆けめぐる。「ノンストップ溌剌レゲエ」が流れ始めると、ほっとする。分かっている。自覚している。私が極度に恐れているのはトランクの音だ。トランクの音、それは私を狂わせる。

トランクの音が聞こえるようになったのは、いつからだろう。恐らくもう半年以上は前の事だ。無意識的に、意識的に、両方を使ってそのトランクの開閉音について考えないよう心がけているため、確かな事は分からない。トランクには、シンの秘密が入っている。シンの秘密はいつも、いつの日もトランクの中に鎮座している。初めてトランクの音を意識したのがいつだったかは思い出せないが、トランクが恐怖のものとなったある事件の事は鮮明に思い出せる。あの頃、シンが部屋に入ると時折聞こえるトランクの開閉音を、私はまだそんなには意識していなかった。何だろ。と頭の端で思う事はあっても、それについて真剣に考えたり、深く思案したりという事はなかった。そう、あの事件が起こるまでは。

あの日私は、いつものごとく部屋に籠もってしまったシンを食事に連れだそうと、ごーはーんー、とシンの部屋の戸を叩いた。シンは読書をしていて、あと少しで読み終わるから待ってて言われたため、私はシンの椅子の脇に座り、シンの本棚に詰まっている難しそうな本を手に取ったり、ぱらぱらとめくったりしていた。あまりに暇で仕方なくて、シンにちょっかいを出してしまったりもしたけれど、素直に待っていたと思う。そんな時、床に座り込んでいた私はふと違和感を持った。いつも部屋の隅に置かれているトランクが、いつもの位置よりも数十センチずれていて、家具の配置が変わった時のような気持ち悪さを感じたのだ。私は無意識の内に足でトランクを小突き、元の位置へと戻そうとしていた。とその瞬間！　シンが突然椅子から立ち上がり、私を抱きすくめたのだ。え、え、何？　と驚いているとシンは、読み終わったから食事に行こう、と私を立ち上がらせた。え、何？　そのトランクに何か見られたらまずいものでも入ってるの？　そう訝しがってみせると、シンは真っ青になったのだ。シンが取り乱す姿など見た事のなかった私は、急激に自分の中で何ものかが暴れ出していくのを感じた。何？　何？　何なのそんなに取り乱して。何？　何かあるの？　と自分を制御出来ず詰め寄る私をとにかく一刻も早くトランクから離したいようで、シンは風呂敷で包むかのように私をすっぽり抱きかかえ、リビングに連れて行った。何なのさ私を犬か何かと思ってんのかこの野郎、と言うとシンは、早くご飯食べに行こうよお腹空いてるんでしょ？　と気持ち悪いほど優しい声で言った。何？　最近よくあのトランクのバタン、って音が聞こえてたけど何か秘密でも入ってるの？　何であんなに取り乱したの？　ねえねえ何でなの？　と言ってもシンは何でもないよと言い張り、結局最後には泣きわめいてしまった私を見捨てる形でまた部屋に戻った。シンが部屋に入ってすぐトランクのバタン、という音がして、クローゼットの閉じる音がした。例のその見られたくない秘密を、トランクからクローゼットに移したんだ。冷静に考えながら床にへたり込み、私はシンの秘密に震えていた。その秘密が何であるかはどうでもいい。ただ、シンが私に秘密を持っているという事実だけが、苦しくて悲しくて死んでしまいそうな絶望を生んだ。

そう、私はこの事件の日より一度も、シンの部屋に入っていない。世間の妻は夫の部屋を掃除したりするらしいが、私は一度もした事がないし、一生する事はないだろう。あの事件の日、シンの秘密はトランクからクローゼットに移ったらしかったが、すぐにまた隠し場所はトランクに戻ったようで、シンが部屋に入ると時折あのトランクの音が聞こえた。何しろあのトランクには鍵がついている。シンがあそこに秘密を隠すのも無理はない。私は、シンが私に秘密を持っていると知った時から確実に、シンを憎むようになった。私に隠し事をする人、私に秘密を持つ人を、百パーセント信じる事は出来ない。そして、信じたいのに信じさせてくれない人を、憎むようになった。それでもシンに別れるなどと言えない私は、その秘密を交えた生活に揺れ動きながら、震えながら、取り乱しながらも、少しずつ適応していった。シンが部屋に籠もったらすぐにCDウォークマンのイヤホンを耳に差し、シンの部屋に入らない事。シンが部屋に籠もっている間何の物音も聞こえない状態を作り上げる事。そして最後の切り札が、スミス・スミスだった。

　スミス・スミスの存在に気付いたのはいつだっただろう。と考えてみせるのは私の作為的な勘違いだ。スミス・スミスなどこの家に住んでいない。しかし、この家にはスミス・スミスが住んでいる、という妄想を基盤にして、私は生きている。結婚直後に借りた、このマンションに引っ越したばかりのある夜、シンと一緒にベッドに入った私はシンのしてくれた恐い話に怯えて眠れなくなり、深夜の四時にトイレに行く羽目となった。トイレの水を流す瞬間にバチッ、という奇妙な音を聞き、飛び上がって寝室に戻り、シンを揺り起こして今何か変な音が変な音が変な音が、とまくし立てる私に、シンは寝ぼけ眼のまま何かいるんでしょ、と片付けたのだ。

「何がいるっていうの何が？　私そんな変な奴がいる所で生きられない」

「幽霊じゃない？」

「幽霊！」

「うん。男の子だよ」

「どんな子？」

「スミス」

「スミスさん？」

「白人の、スキンヘッドの、男の子だね」

「スミスくん……」

「ファーストネームはリンが考えてあげなよ」

「じゃあ、ねえねえシン。スミスは？」

「スミス・スミス？」

「そう。何かすごくない？」

「そうだね。仲良く、三人で暮らしていこう」

そう。この寝ぼけたシンとの会話を皮切りに、私はスミス・スミスとの共同生活を始めた。しかし、そんな話とうの昔に忘れ去ったぜといった按配の頃、あのトランク事件があり、私はスミス・スミスを思い出した。トランクの音を聞いてしまった時には、スミス・スミスのいたずらだと思えばいい、そう思いついたのだ。愚かな勘違いだとは分かっている。実際に、この部屋にスミス・スミスはいない。確かに時折ラップ音のような物音はするが、それは恐らく建物の歪みが起こす倒壊に近づく音、あるいはエアコンの軋みだろう。そう。私は作為的にスミス・スミスを妄想し、あの音を聞いてしまった時にはスミス・スミスのせいにする。でもそれは、私に必要な事だった。スミス・スミスがいたずらしている。そう思わなければ生きていけないからそう思う事にしているだけの事だ。つまり私には、命をかけて、全身全霊でスミス・スミスを信じ続けなければならない理由があるのだ。このようなたくさんのルール、設定の中で生きているため、私は常に死と隣り合わせだ。死にたいほどに、死と隣り合わせだ。

大音量の「ノンストップ潑剌レゲエ」が鼓膜を刺激する。私がノンストップものしか聴かないのは、曲が途切れた時にトランクの音が聞こえてしまう、などの愚かなミスを配慮した結果だ。愚かなミス？　ばかばかしい。自分の命が惜しくて、自分が死んでしまうのを恐れて、怯えながらノンストップCDを買い漁っていたというのに、何を格好つけているんだか。にやりとしながらコンポの電源を入れ、中に入っている「ノンストップ潑剌テクノ」を再生する。これもまた自分の命を重視した結果だ。ウォークマンのCDが終了したとしても、ウォークマンの充電が切れてしまったとしても、どうやってもトランクの音が聞こえないよう配慮しているのだ。一時期はテレビとコンポとラジオとCDウォークマンを同時に聴いていたほどだったのを考えれば、大分緩和されてきた方だと言って良いだろう。しかし私はまだ、シンが部屋に籠もった時、コンポの曲だけで過ごしたり、ウォークマンの曲だけで過ごしたり、あるいは無音で過ごしたりは出来ない。これ以上音が減ったら発狂してしまう。そこまで緩和出来た自分は偉いとも思う。でも、これも愚かな勘違いだ。どうせ私は、何かの間違いで全てのCDが割れてしまい、にっちもさっちもいかない状況でトランクの音を聞いてしまったとしても、スミス・スミスのせいにして、シンの秘密を認めない。シンの秘密、私はそれを認めたら死んでしまう。そういう弱い生き物だ。犬よりも弱い生き物だ。兎よりも亀よりも、リスやハムスターや金魚などよりも弱い。「ノンストップ潑剌レゲエ」を聴きながらの執筆ははかどらない。元々はかどっていなかった執筆は「ノンストップ潑剌レゲエ」のせいで更にはかどらなくなった。こんなんじゃとてもじゃないけれど締切には、いや、締切どころか印刷にも間に合わないかもしれない。どうか、小林がサバを読んで締切を数日分早めに伝えていますように。そう祈るしかなかった。今から断って、代打を探してもらおうかとも考えるものの、次の瞬間には私に神が降臨してパパパッと三十枚の原稿を書けるかもしれないと思うと、その決断も出来なかった。私はいつもいつも最後まで音を上げず、最後の最後まで我慢し耐え抜き、最悪の結果を生んでしまう事が多い。自覚していても、それを改善する事が出来ないから今の私がここにある。

スペイン料理のお店……。呟くと、現実味を持った。今目の前にある店が、スペイン料理の店だという、そんな気がしてきた。こっちか。あっちか。隣り合わせたレストランの前で立ち往生して一分が経とうとしていた。店の名前をど忘れしてしまい、メニューなども表に出ていなかったため、勘だけが頼りだった。品川に電話をして確認すれば良かった。そう気付いたのは「品川という名前で予約が入っていませんか」と聞いてしまった後だった。

「どうぞ。お連れ様はもういらしてますよ」

と言われてようやくほっとすると、店員の後を歩いた。ブルジョワ、モダン、店の外観を見比べ、品川だったらブルジョワ系、モダン系、どちらを選ぶだろうとそこを中心に考えていたけれど、やはり思った通りモダン系だった。ベージュと金色ベースの内装に目が眩む。

「こんにちは」

「お久しぶりです。どうぞどうぞ」

品川は爽やかな笑顔で立ち上がる。私が椅子に座るまで立ち、私が座ると腰掛けるその仕草に犬的なものを感じる。私とは違い、躾の良さが滲み出ている。品川は仕立ての良いスーツで、編集者にしては珍しくネクタイを締めている。この間の小林のジーンズ姿を思い出して、その差にくらくらとする。耐え難いまでに理不尽な事だが、どうやら私には目眩や立ち眩みがつきものらしい。まあしかし、仕立ての良い、という印象も無責任なもので、私はスーツの仕立てが良いのか悪いのかという正確な判断も出来ないし、それを見極められるような訓練もされていないため、本当のところは分からない。ただ、何か良い色のネクタイだとは思った。そして良い色、というのは面白い色、という事ではない。何飲みますか？　という言葉に、炭酸の入った、シャンパンとか、シャンパンカクテルとか、と適当な答えをすると品川は困ったように笑い、何とかという聞いた事のあるシャンパンを注文した。

「お久しぶりですね本当に。パーティーの時にお会いして以来でしょうか」

「そう、ですね。何だか随分と、何だか、お若くなったように見えますね」

何だか随分と、と言ったところでは、老けたように、という言葉を言うつもりだったけれど、良い意味で言ったとしても嫌な気持ちにさせてしまう事を知っているため、お疲れのように、と言おうかと思ったけれど、お前私と打ち合わせしてんのに疲れた顔してんじゃねえ、という意思表示に受け取られかねないではないか、と思い苦肉の策でお若くなったように、と言った。本当のところは、老けて、渋い印象が強くなりましたね、という良い意味で老けたと言おうと思っていたというのに。私は、自分の気持ちや思いを忠実に伝えられない。どんなに好意を持っていても、いつもどこかで勘違いされてしまう。文章であればもう少し上手く伝えられるような気もするが、私の書く小説でさえいつも勘違いされているのを考えると、それも勘違いかもしれない。

「本当ですか？　高原さんは、何だか表情が少し穏やかになりましたね。化粧、変えられましたか？」

「分かりますか？」

微笑んで言いながら、前に品川と会った時から化粧を変えていない事を頭の中で確認する。変えてませんけど？　と言ったら、きっと品川は落胆する、あるいは今の言葉をどう理由付けしようかと思案するに違いない。私は人を困らせるような事はしたくない。もしかしたら、変えてませんけど？　と言ったところで彼は困らないのかもしれない。でもそれは関係のない事だ。別に、私とは。

出てきたシャンパンで乾杯をすると、品川はジャケットを脱ぎ、隣の椅子にかけた。ジャケットの内ポケットにボールペンが差してあるのが見える。ペン先が出ているとしたら、きっとポケットの中には黒い染みが出来ているのだろうが、私がその染みを確認する事は、恐らく一生ないだろう。

「飛行機の短編、読ませていただきました。素晴らしかったです。でも、あんな風に書かれて、旦那さん嫌がってませんでしたか？」

「いえ、まあ小説ですから」

「さすが編集者ですね。理解があって何よりです」

「いえいえ」

今日はとても調子が良い。相手を嫌な気持ちにさせたり、困らせたり、違和感を与えたりせずに上手く話を進める事が苦痛でない。品川のおかげだろうか。気分が良くてシャンパンを一気飲みすると、更に良い気分になり、出てきた前菜が美味しかった事にも良い気分が加速していく。

「ところで高原さん、この間お話しした件ですが」

「原稿依頼の件ですか?」

「ええ。実は、短編ではなく長編でと思ってまして」

「あの、どんな内容を考えているんでしょうか」

不安になっていく。原稿依頼をされると不安になり、不安を紛らそうと酒を飲み過ぎ、最終的に酔っぱらって受けてしまう事ばかりだ。小林の時もそうだった。最初は受ける気など少しもなかったというのに、酔っぱらってばっちこーい、と言わんばかりに諸手を挙げて受けてしまった。

「高原さんに、オートフィクションを書いていただきたいんです」

オートフィクション。言うと、その言葉は現実味を持った。オートフィクション……。呟くと、その言葉は更に現実味を持った。現実味を持ったところで、意味が分からなければ意味がない。こういう時は素直になるべきだ。

「何ですか？　オートフィクションって」

「一言で言えば、自伝的創作ですね。つまり、これは著者の自伝なんじゃないか、と読者に思わせるような小説です。飛行機の短編を読んで、高原さんなら興味を持ってくれるんじゃないかと思いまして」

「つまり、自伝的創作風味な小説を？　長編で？」

「ええ。高原さんの自伝風に、小説を書いてもらえないかと」

品川が言う。この男の考えている事が、私には分からない。この男の考えている事が何一つ分からないという事実が私を混乱させていく。

「私に、あのサナトリウムでの幼少期を書けとおっしゃるんですか？」

品川は困ったように笑って「そうですね」と答えた。え、ちょっと待って私サナトリウムなんて行った事も見た事もない。つまり今の私の言葉はフィクションだ。それも、品川を少しだけ嫌な気持ちにさせようと思って言ったジョークとしてのフィクションだ。それなのに品川は怯まずにサナトリウムでの幼少期が読みたいと自己主張をした。一体どういう事だろう。品川は少しも嫌そうな顔をしなかった。私が嫌な気持ちにさせようと思って、嫌な気持ちにさせるための言葉を吐いたというのに、だ。意味が分からない。私が破綻しているのか。それとも品川が破綻しているのか。どちらの破綻か分からない、分からない、という頭の中の亀裂から塩酸が吹き出し、私の脳を溶かしているような気がする。気のせいだろうか。気のせいでなかったとしたらかなり大変な事になるのは間違いない。

「私、サナトリウムに行った事はありません」

「知ってます」

品川の、微笑みという仮面がもう瞳に焼き付いて離れない。恐らく品川はどこか破綻しているに違いない。だから、彼と向き合っている私自身まで破綻していく。せっかく上手くいっていたのに。せっかく上手く話が出来ると思っていたのに、また破綻だらけだ。サナトリウムに行った事がないのならば何故私がサナトリウムという言葉を口にしたのか、品川はそれをまず疑問に思うべきだ。それなのに彼は知ってますと、知ってますと平然と答え微笑んだ。それも、嫌な意味の微笑みではなく普通の微笑みだった。どうしよう。どうしよう。何だか全然この人の事が分からない。普通過ぎるからなのか、それとも変過ぎるからなのかは分からないが、この人が分からない。分からない分からない、と思いながら品川を見つめていると混乱が加速していく。どうしようこれは恋?　などと勘違いをしてみようかとも思うが、勘違いを前提とした勘違いなど、したところで意味はない。恋ではない。それは全くもって違う。違いすぎるため逆に面白いが、そんな事を言っている場合でもない。

「品川さんは、私の過去を知っているんですか？」

「とりあえず、高原さんのインタビュー記事はほとんど読んでいるはずなので、高原さんがインタビューで話している内容くらいは知っています」

「サナトリウムにいたという話なんて一度もしませんでした」

「サナトリウムは冗談ですよね？」

やはり、品川はどこかおかしいに違いない。破綻しているに違いない。冗談ですよね？と聞きながら微笑みという仮面で私を油断させ、一気に一突きにするつもりだろうか。槍でも持っているのだろうか。このテーブルの下に？　そうかもしれない。どうしよう今すぐテーブルの下を調べたい。しかし、こちらがテーブルの下に槍を隠し持っている事に勘づいたと知ったら、品川は瞬時にその槍を取り出して私を一突きにするかもしれない。どうしよう。これはまさしく死闘だ。私は自分の命をかけて、テーブルの下を見るべきだろうか。それとも逆に油断していると見せかけ、向こうの作戦にはまっているふりをするべきか……。じっとりと手に汗が滲んでいく。グラスに手を伸ばす。相手の出方を窺いながらグラスを持ち上げると、じっと品川を見つめたままグラスを傾けた。

「二十二年前、私はある村に生まれました」

「出身は東京ですよね？」

「東京にも村があるんです。ご存じないですか？」

「ええ。どの辺りですか？」

「青梅の方です。あっちの方に村があるんです」

「それは、偏見ではなくて、ですか？」

品川が可笑しそうに笑って聞く。偏見、いや違う。村は村だ。○○村、という名前がついている。という設定だ。私の中では。そう、私は幼い頃、よく家の二階の窓から青梅の方を眺め、空想をしていたのだ。自分はあの山々のふもとにある村で生まれ、きこりのおじいさんと川で洗濯をするおばあさんと三人で暮らしていたのだ、と。幼い頃の空想を、実際にあった話として他人に話すのは初めてなので若干わくわくしているが、本当のところ、そんな空想をしていたというのもただの設定なので、別段わくわくする事でもなかったりする。はて、一体何の話だったかな。そうそう、私が村に生まれたという話だ。

「ええ。私はその村に生まれました。村中の人がほとんど親戚、という、閉ざされた村でした」

「ええ」

「私はその村から抜け出せた、唯一の子供だったのです」

「はい」

品川は、私の話を信じていない。ようやく品川の思っている事が一つだけ分かった。これに私は、安心した。良かった私は品川の感情を予想しながら物を言い、一つでもその予想を的中させる事が出来た。良かった。

「嘘ですけどね」

「だと思いました」

笑い合うと、私はシャンパンを飲み干した。空になったボトルを見て、何飲みますか？と品川が聞く。何か、ワインとか、と適当な事を言うと、白と赤、どちらがいいですか？と当然の事を聞かれ、どちらでも、と答えた。私の予想は当たっていく。品川が何飲みますか？と聞くのも、ワイン、と答えた私に白か赤かと聞くのも、予想済みだった。そして、次に品川が何を言うかも分かっている。

「お酒強いですね」

　ほら来た！　両手を挙げてしまいそうになったけれど、じっとテーブルの上で手を組んだまま動かさない。油断してみろ、油断した瞬間テーブルの下の槍が私に突き刺さるぜ。

　そう。私はよく、人々が皆私を殺そうと目論んでいるという想像をする。そうする事により、普通の日常をよりサバイバルなものに仮定出来るのだ。死ぬ危険のない場所も時間も、誰一人として持っていない。人々はそれを忘れている。人々は少なからず自分は明日も生きているものだと想定しながら生きている。今の私には、そのような生き方など出来ない。次の瞬間には飛行機が突っ込んで来て私は死んでしまうかもしれない。トラックが突っ込んでくるかもしれないし、心筋梗塞を起こすかもしれないし、脳卒中かもしれないし、くも膜下出血かもしれないが、私は次の瞬間には死んでしまうかもしれない。そう思いながら生きている。おかしいだろうか。シンは、明日死ぬかもしれないと思いながら生きていたら会社にも行けない、そう言っていた。しかし私は、明日死ぬかもしれないと思いながら文章を書くし、仕事もする。こうして打ち合わせもする。明日死ぬかもしれない状況の中、死ぬ気で生きている。私は、文章を書くのも取材を受けるのもシンを愛するのもシンに愛されるのもスミス・スミスがいると思い込むのもCDを聴くのもトランクの音を聞かないようにするのもこうして打ち合わせをするのも、全て死ぬ気でやっている。死ぬ気でシャンパンを飲み、死ぬ気で品川と話をし、死ぬ気でワインを待っている。そう。常に死ぬ気だ。誰から否定されようと、それが悪い事だとは思わないし、誰から肯定されようと、それが良い事だとは思わない。でもそれでも、シンにだけは否定されたくないとは思う。

「しばらくお酒を断っていたんで、大分弱くなってしまいました」

「いやいや、充分強いですよ」

「あの、長編の件、少し考えさせてもらっても良いですか?」

「もちろん。書いてくださるのであれば、僕の方も出来る限りサポートしますし、何か、書く上で障害になるような事があれば、いくらでも相談してください」

「ええと、品川さんはどの辺りの時期を想定してらっしゃるんでしょうか。幼少期、思春期、それとも、成人してから?」

「全部でも構いません」

品川はまたしても不敵な笑みで言う。きっと、この男はどこまでも作為的だ。作為だ。この男の言う事全てが作為だ。そう。そして私が依頼を断ったら、テーブルの下の槍で私を殺すに違いない。作為の男、品川。私は彼の術中にははまらない。こちとら、作為を食べ、作為で育ち、作為と戯れ、作為を排泄し、作為の世界に生きる、作為で構成された女だぜ……。甘く見てもらっちゃ困るぜ。

「そうなると、二千枚超えするかもしれませんね」

「上下巻でも構いませんよ」

「何年かかるでしょうね」

「何年でも待ちますよ」

　品川の手がテーブルの上に置かれていない事に気付き、はっとする。槍を構えているのかもしれない。太ももや膝の辺りに手を置いていると見せかけて、もう槍の柄を持っているのかもしれない。どうしようああ見たい見たいテーブルの下が見たい。そう思いながらうずうずと、テーブルの縁の辺りに置いた手でテーブルクロスを揺らすものの、品川から視線を外せない。ちらと下の方を見やった瞬間に品川は私を槍で一突き……。という映像が頭から離れない。

「もしも品川さんがオートフィクションを書くとしたら、どの時代で書きますか？」

「僕ですか？　そうですね、多分結婚した辺りからだと思います」

「……そうですか。結婚されて、どのくらいなんですか？」

「七年になります。丁度、文芸に異動になった頃だったんですよ」

七年。はて、私はこの七年何をしていたかのう。最近頭が弱くてのう。頭の中でおどけてみせるものの、意味はない。まずい。私の脳内の道化を察したのか、品川は心なしかがんでいるように見える。どうしよう。今すぐダッシュで逃げ帰ろうか。そんな事が可能だろうか。ああ私はどうして上座に座ってしまったのだろう。逃げ帰るにも、品川の脇を通り抜けて行かなければならない。逃げられる、そう思った瞬間品川は獲物を串刺しにするに違いない。私はなんてサバイバルな世界に生きているのだろう。毎日が死と隣り合わせだ。ラ・メメント・モリ。高らかに歌いたい。

「……メメ……ン」

「メメントモリですか？」

凝視した。品川の目は、どこか勝ち誇ったような色を含んでいる。目を丸くして、じっと品川と見つめ合っていると、はっ、という笑みがこぼれた。一度緩んでしまった口元は、くすくすと声をたてて笑った。品川も嫌味のない、全く他意のない笑みを浮かべてくすくすと笑った。

「分かりました。私書きます。オートフィクション」

私は品川と握手をして、血のような重たい赤ワインで乾杯をした。イベリコ豚を食べながら、さりげなくテーブルクロスの下を覗くと、品川のエナメル靴が光っていた。


ただいまと言うと、シンは部屋から出てきて胸に抱きついた私を抱きしめ返してくれた。飲み過ぎた？　と心配そうに聞くシンがとても愛しくて仕方なくて離れられずにいると、シンは私を引きずるようにしてリビングのソファに連れて行ってくれた。

「赤ワインが美味しくて、その後バーに行って飲んだマティーニも美味しくて、最後に行ったバーのマティーニも美味しくて。え？　何？　シンが好きだよ？」

「うん。ありがとう。何か飲む？」

「うん。水がいい」

シンが持ってきてくれたペットボトルから水を飲むと、アクアが私に染み渡った。その時、白熱灯の下で私の足の青いペディキュアが光ったのは、アクアがそこに集中したからだと思った。

「飲みすぎだよ」

呆れたように、しかし若干の心配を滲ませて言うシンが愛しくて仕方なくて、キスをして抱きついた。ああ温かい。どんなに人と話しても盛り上がっても、こうして触れ合うのとは全然話が違う。私は常に皮膚感覚を信じて生きている。視覚や聴覚や嗅覚などほとんど信用していないと言ってもいい。皮膚が感じた事だけが全てだ。触れ合った事のない人とは、関わっていないとも言える。触れ合ったものとしか、関われない。全くシビアな世界だとも思うが、やはり結局のところ皮膚が感じるものだけが全てだ。どれだけ愛し合っていても、触れ合わなければ愛に意味は生まれない。愛撫もセックスもない愛など、意味がない。

シンとどれだけ密着出来るかを重視して抱きついていると、自分がアメーバになったような気がした。だらりととろけて床に落ちてしまいそうな自分を繫ぎ止めながら、シンに触れる。出来る事なら、アメーバになってシンを包み込んでしまいたい。シンに密着する。ぬめる。蠢く。愛する。明日死ぬかもしれない今出来るだけの事を。今触れられるだけ触れ、今伝えられるだけ愛を伝え、今の私に出せる可能な限りのテクニックとパワーを駆使して最大限の愛を表現しろ私。私。シンに伝えろ全てを。愛を。全てを。愛の全てを伝えろ。明日、いや、次の瞬間死ぬんだ私は！

「愛してる好きだよ大好きだよねえずっと一緒にいようね」

「ずっと一緒だよ」

　どこか、私をなだめるような口調で言うシンの手を、更に強く摑む。熱が同化していく。私とシンの熱が溶け合っていく。私の、シンのよりも少しだけ冷たい手が、シンの手の温度を下げ、シンの、私よりも少しだけ温かい手が、私の手の温度を上げていく。このまま全てが同化して、中和され、愛がどろどろと溶け合い、一つの玉になればいい。完璧な球体になればいい。私という赤と、シンという青が、マーブルになどならず、まっさらな紫色の玉になればいい。私とシン。ではなくて、リンとシン。でもなくて、リンシン。になればいい。リシン。になればいい。区別などしなくていい私たちは一緒くただ。私は、私の中の数億もの私とすら滅多に一緒くたになれないというのに、そんな事を考えていた。

「今日はどうだった？」

「うん。普通」

「そう。原稿は進んでる？」

「ううん」

「何枚くらい書けたの？」

「二枚くらい」

「どういう話にするかは決まってるの?」

「ない」

「そんな、吐きそうな顔しないでよ」

「もう無理かも」

「何か、自分の体験を元に書いてみたら? ほら、前にエッセイで書いてた、高校生の頃の話とか。あの頃の話を小説にしたら面白いと思うけどな」

「でもあの頃私何も考えてなかったんだよ?」

「だから面白いんだよ」

シンの胸元に埋めた顔を少しだけ離すと、私たちの間にすうっと空気が入り込む。優しい仕草で私の腕を逃れると、シンは煙草とライターを胸ポケットに入れた。アルコールのせいか、それとも吸い過ぎた煙草のせいか、心臓が激しく脈を打つ。部屋に一人きりの自分を想像すると、体中に蕁麻疹が出そうだった。

「じゃあ、少し仕事をしてくるね」

「やだ!」

怒鳴ると、シンは少し驚いたような顔をして私を見つめた。やだやだ！　と続けると無視された。

「何でねえシン私一緒にいたいの今すごく一緒にいたいの今っていうかずっと一緒にいたいけど今特に、今特に飛び抜けて一緒にいたいの」

「仕事が終わってないんだよ」

「シンはいつもいつも毎日毎日どんな仕事を持ち帰ってるの？」

「色々、あるんだよ」

秘密でしょ？　秘密のトランクを開けて、私を裏切って、毎日毎日秘密を作っていってるんでしょ？　秘密を秘密で固めて、秘密を大きくしていってるんでしょ？　日々私に秘密を重ねて秘密の雪だるまになってるんでしょ？　もうデブなんでしょ？　言いたい事が、何一つ言えなかった。そう。私はシンの秘密に何一つタッチしない事で、バランスをとっている。無視する事で、目を逸らす事で何とか、生きていく上で必要な自分自身のバランスを取っている。それがなければ死んでしまうから。という事は、何だ？　私は、シンを愛する私よりも、私の生を重んじる私を、優先させているという事か？　考えている内にシンは、じゃあ、と言ってリビングを出て行った。慌ててCDウォークマンを探してイヤホンを耳に差す。大音量の「ノンストップ潑剌ユーロ」が流れると、すぐにコンポの電源を入れて「ノンストップ潑剌ハウス」を流す。

苛々したままデスクに座ってパソコンを起動させ、書きかけの原稿をクリックする。まただ。文字が固まりとしてしか頭に入ってこない。どうしよう。こんな状態では書けるものも書けない。締切はもう明日だ。絶望的な気持ちになっていると、ブッツ、という音がしてCDの曲が一瞬途切れる。びくりと飛び上がるものの、スミス・スミスのいたずらと気付き、胸を撫で下ろす。イヤホンをこつこつ、と叩いてスミス・スミスに合図を送ると、ボンッボンッという音が鼓膜に響いた。恐ろしい。いきなりスミス・スミスにコンポとCDウォークマンを同時に止められてしまったらどうしよう。その瞬間トランクの音が聞こえてしまったらどうしよう。あのトランクの音を聞いてしまったら、私はその音を号令にして窓から飛び降りてしまうような気がしてならなかった。バタン、ヒュー、グチャッ……。ぐちゃぐちゃになった自分が目に浮かぶ。どうしようどうしよう死にたくない死にたくない。シンの事が好きで好きで仕方ないのに、私は死にたくない。愛するという事は死ぬという事だ。生きていたら愛する事など出来ない。生きるべきか死ぬべきか愛するべきか愛を諦めるべきか。辛い辛い辛い。

ウォークマンとコンポに加え、パソコンのオーディオを使って「ノンストップ潑刺クラシック」を流すと、書きかけの原稿を諦め、違うものを書いてみようかと、新しい文書を開いてキーに指を落とした。リウマチはどうしたのだろう。私の指は久しく見せていなかった素晴らしい動きを見せてくれる。やはり文章は固まりのようだが、きちんと頭に入ってくる。言葉。文字。ノンストップ潑刺文章。止められない。止まらない。止まらない止まらない止まらない止まらない……。

シンは出てこない。シンが籠もってしまってから、恐らくもう四時間以上は経っているはずだ。ちらりとパソコンのデジタルを見て時間を確認して思う。どうして私はいつもシンの事を考えてしまうのだろう。どうして私はシンに、トランクに、スミス・スミスに縛られているのだろう。どうして私の生死は、トランクの音にかかっているのだろう。明日死ぬかもしれない。それは確実に、事故死あるいは病死であるべきだ。トランクの音で自殺してしまうなどというふざけた可能性を孕んだ日常を生き続ける事によって、私は日々歪められてきた。死ぬかもしれない死ぬかもしれないと思いながら、飛行機が突っ込むトラックが突っ込む地震がくる火事がおこる血管が破裂すると色々な想像をしながら、私はどこかでトランクの音を一番に恐れていた。だってそうだこんなにも、私はこんなにもC

Dをかけスミス・スミスを信じ可能な限り布石を打ちながらそれでもトランクの音が恐くて仕方ない。死んでしまいそうな自分が恐くて仕方ない。

私はずっと、死にたくなかった。そしてきっとこれからも、死にたくない。バタン。イヤホンからトランクの音が聞こえる。どうしてだろうどうしてだろう。イヤホンからトランクの音が聞こえるはずないのにどうしてだろうどうしてイヤホンからトランクの音がするのだろうどうしてだろう。私は死んでしまうのか。いや死なない。知っている。私は死なない。

キーを打つ手を止めると、「ノンストップ溌剌ユーロ」の流れるCDウォークマンのイヤホンを外した。耳が痛かった。マウスを使ってパソコンから流れる「ノンストップ溌剌クラシック」を停止した。もう後はコンポの「ノンストップ溌剌ハウス」だけだった。どうしようどうしよう。などと悩む事もない。リモコンを手に取ると停止ボタンを押した。途端に現れた清々しいまでの無音。無音。無音……。

部屋の戸を叩くと、しばらく間があってすぐにばたばたと音がして、シンが出てくる。どうしたの？　と不思議そうに私を見つめるシンを見てももう愛しくも何ともない。離婚して。零れる言葉。シンとドアの隙間から見えるトランク。唇の端が、下がったような、上がったような、そんな気がしていた。

無音の部屋。そこに響くのは、私の爪と指がキーにぶつかる音。ノンストップの音楽は一つもない。ソファには静かな犬が一匹。

18th summer

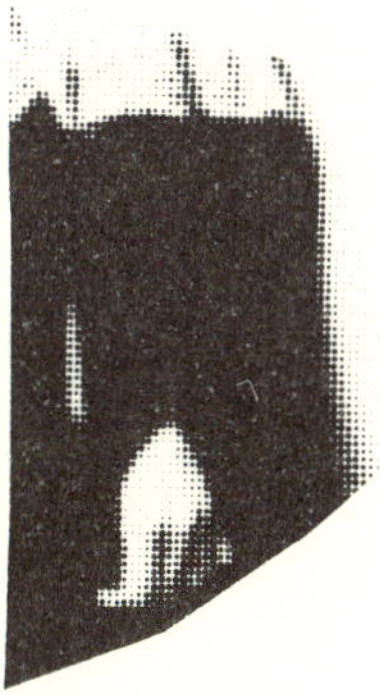

臭い臭い臭い。実際には臭くないのかもしれないが、臭いと思うと本当に臭いような気がしてきて、本当に臭い気がすると本当に臭くなってきて、臭い気がすると鼻までおかしくなってくるのか、あるいは本当に臭いのか、と真実すら分からなくなるから不思議だ。臭いのかもな。実際臭そうだしな。そう思いながらおやじのテカった頭を見ている内に、お前臭い！ とおやじを怒鳴りつけている自分が頭に浮かぶ。

「リンちゃんこれからどうするの？」

「まあどっか遊び行くか、帰るか、ってとこかな」

「じゃあ僕とご飯食べに行こうよ」

「いやいや、遊び行くか帰るかだってば」

「奢るからさあ」

「つまみ食ってるから腹いっぱいだし」

「じゃあ飲み行こうよ」

「ほんともうお腹いっぱいでオケラの一匹も入らないし、友達待ってるから帰るね」

立ち上がると、おやじが手を引いて「待ってよー」と言う。煙草を持っている方の手でおやじの手を払うと火種が舞い、おやじは驚いたように手を引っ込めた。窮屈な配列のテーブルとソファをすり抜けてカナの隣に戻ると、おしぼりでおやじに掴まれた手首を拭う。

「何それちょー感じわるーい」

カナの笑い声が聞こえたのか、おやじがむっとしたような顔でこっちを見やった。キャバクラならまだしも、見合いパブで素人女捕まえようっていうその安い根性が気にくわない。と考えてすぐ、自分が見合いパブのおかげで飢え死にしないで済んでいる事を思い出す。ここ一年以上、私はドアフリーのクラブ「カサノブレ」と、ただで寝かせてくれるカラオケボックス「ビョッコ」と、新宿に住んでいる友達の家と、この見合いパブ「シンディ」を使い分けて生活している。見合いパブは食べ物飲み物カラオケフリーで、女側と男側で席が分かれているため友達とも喫茶店感覚で寄れるし、指名を断り続けていればおやじとも話さなくて済むため、一番使用頻度が高い。今日のように客が多い時は、ねばり強いボーイの執念に負けて指名を受けもするが、大抵が今のおやじと同じように飲みに行こうデートしてくれたらいくら一発いくらパンツ一枚いくらという話になり、私は興味がないため「はあ」「へえ」という言葉で流そうとし、指名料を払っているおやじも、売春をする気のないこっちも気分を悪くして席に戻る事ばかりだからして、基本的には応じない。

からんからん、と音がして、威勢の良いいらっしゃいませの声がそれに続く。あー、何か今日客多いなあ。というカナのぼやく声を聞きながら、入店した二人組のサラリーマンを一瞥して超巨大LLミラーを立てる。二十センチ×三十センチのこの鏡に、私は一目惚れをした。この鏡があればどこでも簡単に化粧直しが出来る。そう思って買ったものの、でかければいいってもんでもない、と気付いたのはもちろん買ってしまった後だった。鏡の裏に隠れるようにして化粧を直していると、「ちょーきもーい。あの男ぜってーロリ。あっちはナル」とカナの査定が始まる。ブラックライトに照らされたカナの褐色、というよりも焦げ茶の肌が真っ黒く見える。お前も若干きもい。思うが、多分自分も同じくらい黒く見えているのだろうから、指摘はしない。

「見んなよ。指名されるから」

私の忠告を聞かず、カナがけらけら笑いながら「あの女、巨乳だな」「俺は別に女買いに来てるわけじゃないから」「あの女俺の事見てない？」などとおやじどもの声帯模写を続けていたせいで、ものの五分もしない内にボーイが二枚の指名カードを持って来た。二人揃って「喜んで・また今度」という欄の「また今度」に丸をつけて突き返すと、ベテラン店員がねばり強く折れなかったため、さっさと荷物をまとめると引き留めてくる店員を振り払って店を出た。

「ありえないあつい！」

カナがスカートをばさばさとさせながら言う。暑い。去年も猛暑だったが、今年の夏も猛暑だ。毎年毎年、どんどんと夏が辛くなっていくように感じるのは、地球温暖化のせいか、それとも自分が老いていっているせいなのか、分からないから恐ろしい。しかしどちらにしろ、私が一日一日余命を消化していっているのは間違いない。余命の消化を停止させるには死ぬしかないなどという、単純明快なシステムとなっている肉体が憎い。ここのところ、中学生の頃や、高校に通っていた頃には感じなかった種の疲労や怠さが体を蝕んでいるような気がしてならない。一日二時間寝ればもう元気。三時間寝れば元気満タン。あんパン食べれば元気百倍。むくみって何？　クマって何？　美白って何？　という破滅的なまでのエネルギーも失いつつある。私は先週十八になった。数ヶ月後には、このスカートをばささせているカナも十八になる。

「カサノブレ行くー?」

どちらからともなく提案され、どちらからともなく決定された。暑さに顔をしかめながらだらだらと歩くと、途中で顔見知りのスカウトに「きゃ、ほーい」と声をかけられたが無視した。いつも友達を待っている時などに暇つぶしに話すだけだが、あのスカウトとは何だかんだで付き合いが長い。私が放浪を始めた頃から新宿に居て、一時期いなくなったと思ったら一ヶ月ほど前に舞い戻っていた。その一時期は、吉祥寺でホストをやっていたと話していた。よくある事だ。歓楽街に入り浸る人種は、一度離れても舞い戻ってくる事が多い。まずはホストで挫折して、次にスカウトになり、それで食えなきゃドカタ、最終的に金融系に走る事が多い。一念発起、返り咲き狙いでまたホストになっては、同じスパイラルに陥ったり、もう駄目だなー、と田舎に帰ったりして、結局つまんなくて戻ってくる、とか。男たちにはそういう流れがあるらしい。

ここの信号待ちの長さどうにかしろって、新宿区役所に申し出しようかなー。苛立ちながら大通りの信号待ちをしている最中「つーかそん時ふんっ、て力んだらマンコから精液がだらって垂れて……」という卑猥極まりない会話が耳に入り振り返る。思った通り、卑猥な話をしていたのはランちゃんで、卑猥な話を聞かされていたのはモモちゃんだった。ランちゃんは「触れるものみなレイプする」というサブタイトルでヤリチンから大人気の、ブサイクとかかっこいいとか関係なしに性器ついていれば人間でも犬でも馬でも構いませんが？　という潔さでもって人々を狂喜か嫌悪に陥れる事で有名なセックスクイーンで、とどのつまりはそういう卑猥話を連呼するしか能のない女だ。まあ、じゃあ私がいつも卑猥話以上に有意義な話をしているのかと言えば、そんな事もないけれど。

「わあ。リンちゃんカナちゃん何してんのー？」

ランちゃんが調子良く言って駆け寄って来て、舌を出しかねないほど暑がっているカナが面倒臭そうに「カサノブレ行くとこ」と答える。

「まじでー？　ねえねえじゃーさ、一緒にパーティー行かない？　ねえねえ一緒に行こうよー」

ランちゃんの異様なテンションに、何か不穏なものを感じる。セックスクイーンの話に乗ると、大抵面倒な事になる。

「何のパーティー？」

「かっこいーメンズがいっぱいだよー」

モモちゃんに聞いたのに、ランちゃんが答えた。しかも答えになっていない。モモちゃんは静かにしている事でよく言えばぽっちゃり系、悪く言えば半端デブのむっちりした体を小さく見せようとしているのかどうか分からないが、いつも大人しい。ランちゃんと一緒にいると、そのコントラストが強く出過ぎてしまい、痛々しい。

「ランちゃんのかっこいーはアテになんないからなー」

ほとんど信じていない口調でカナが言うと、「今日はまじで当たりだって、カナの好きないかちー系が勢揃いだよ」とランちゃんが強調する。その一言でじゃー行く、と即決したカナに、私はまだ不信感を抱きながら、それでも暑すぎたし、青になった信号ももう点滅してしまっていたので従う事にした。

ちょっと遠いから、とランちゃんがタクシーを停め、四人で乗り込むと、道順を覚えておこうと窓の外を見やる私にランちゃんがしつこく話しかける。ねえねえリンちゃんて昔長い彼氏いたんだよねー？　その前彼ってチンコでかかったのー？　へえー、極太の右曲がりねー。立ちションしづらそー。ていうかリンちゃん何で新しい彼氏つくんないのー？ふうん。理想高すぎなんじゃなーい？　極太の超ロングの耐久性ナンバーワンじゃないとか抜かしてんじゃないのー？　くだらない下ネタを聞き流している内に、道順も綺麗に流れていった。ランちゃんが運転手に指示を出している最中、ラジオのＤＪの声が耳に届く。「亭主の好きな赤烏帽子ってね」人生相談らしかったけれど、意味は分からなかった。十分ほど走ったタクシーが停車すると、きょろきょろと辺りを見渡す私に「ここ」とランちゃんが指を差す。

「ここ、ってマンションだよね」

「だねだね」

高層マンションを見上げると、目眩がした。しかも全ての窓に同じ色のカーテンがかかっている。恐らく、ウィークリーマンションかマンスリーマンションだろう。帰らない？とカナにアイコンタクトを送ろうとするものの、いい男の予感にうきうきのカナには通じなかった。あーあ、乱交かなあ。放浪生活を続けながらも、何とか最低ラインの貞操観念を守りながら生活していたというのに、ランちゃんのせいでおじゃんになってしまうのだろうか。軽く絶望的な気持ちになりながら、ほらほら早く早くうー、と急かすランちゃんに続いた。

エレベーターを待ちながら、非常階段の場所を確認する。五階に到着すると、インターホンも押さずにドアを開けたランちゃんに続いて靴のまま上がり込む。廊下を通って部屋に入ると、その瞬間大音量のトランスと奇声が耳をつんざいた。三十畳ほどの部屋には十数人の男たちと、四人の女の子がいて、ソファに腰掛けている人もいれば、踊っている人もいた。部屋の四隅に設置されたストロボライトは音楽に連動しているようで、ぱちぱちと瞬きをするように部屋を浮き上がらせる。ランちゃんが、リンちゃんとカナちゃんとモモちゃんだよー、と大声で紹介すると、うぉーい、という返事があちこちから聞こえた。男たちは皆十代後半から二十代半ばほどで、八割が真っ黒く日焼けしていて、六割がロン毛、という特徴のなさで紹介されてもすぐに誰が誰だか分からなくなった。男たちに挟まれて座ると、何も頼んでいないのにウィスキーが出される。ジンとかないの？　と聞くとごめーん今切れちゃっててー、とその答えがあっても無くても関係ないほど軽い口調で謝られた。混ぜ物がされていないか、ストロボライトに透かしてじっくりと観察してからグラスに口をつけ、ローテーブルの上で冷めていたピザもじっくりと匂いを嗅いでから口にした。ウィスキーとピザって、何か気持ち悪くなる代名詞の組み合わせだな。そう思いながら交互に口に入れていると、ピザの油っこさとウィスキーの辛さが最悪の相乗効果を発揮して止まらなくなる。

ふと部屋の隅に目をやって、ぎょっとする。一人の男がストロボライトの下に座り込んでじっとしていた。おいおい座敷童かと思ったよ。どきどきとする胸をなで下ろしながらじっと観察してみるものの、身じろぎ一つしない。置物？　なわけないし。部屋が暗くて、ストロボライトが強烈で、という条件を差し引いても、あまりに異様な存在だった。ていうか、何でそこ座ってんの？　何で一人でじっとしてんの？　何で？

　こっちが一口飲むごとに注いでるんじゃないかと思うほど頻繁にウィスキーを注ぎ足す隣の男が、じっと隅を見つめている私に気付いたのか、注ぎついでに私を覗き込んだ。

「なにー？　どしたのリンちゃん」

「ねえあの人なに？」

「あー、あいつ。ノリ悪いっしょ。無理矢理連れて来ちゃったからさあ」

「あの人何者？」

「オタクだよ。オタク」

　首を傾げると、男は含み笑いをして「話してみたら？」と言った。オタク。オタク？　あれが？　オタクねえ。「オタクきもいまじでうざい消えろ」以前カナがファッキンでオタクの集団を見つけた時に言っていた言葉を思い出す。あれだったらカナもヤリたがるかもしれない。でもカナはいかちー系好きだからこういうのはナシだろうか。ていうか、あの人何オタクなんだろ。バッグとグラスを持って、私は立ち上がっていて、本当はもっと紆余曲折を経て自然な形で辿り着こうと思っていたのが、じっと観察しながら歩いている内に真っ直ぐ歩いて来てしまった事に気がついた。グラスにたっぷりと注がれたウィスキーを零さないように気をつけていたのが、注意力を無くしてしまった原因かもしれない。まあいい、どうせ私はこの人と話がしたくてソファから離れたんだから。開き直って彼の前で立ち止まっても、隣に座り込んでも、彼は私の方を見なかった。私が覗き込んで初めて私の存在に気付いたかのような表情でこちらを向いた彼の目は、神経質そうで、もっと言えば疑心暗鬼が垣間見えるようでもあった。

「う」

話そう、という先走った気持ちと、何を話そう、という戸惑いの中で出てしまった意味のない声に、彼は何一つ反応しない。その瞬間、彼の脇に置いてある空のグラスが目に入った。

「飲んでる?」

「飲んでないけど」

「けど?」

「え？」

「え、なに？」

「何が？」

「あ、どうしよ。私ここまでコミュニケーション取りづらい人と話すの初めてかも」

「俺の事？」

「うん。あ、何か伝わったね」

「ああ。何か？」

「何かって？」

「何か、俺に用？」

「用は、ない、かな」

「そう」

　何だろうこの変な感じ。この手応えのない感じ。何か涼しい感じ。するすると言葉がかわされていく感じ。コンニャクに向けて喋っているような感じ。何だろう。エイリアンか何かと喋っているようで、異世界に連れて行かれるような、この部屋からうるさいトランスや奇声やウィスキーの匂いを消し去ってくれるような、手に持っているグラスの感触まで消し去られそうな、そんな気分になる。

「ねえあんたってオタクなの？」

「違うよ。俺は」

「俺は？」

「え？」

「俺は、何なの？」

「俺はオタクではない、という意味だよ」

「あ、そう」

お前本当にオタクじゃねえのかよオタクなんじゃねえのかよ。違うのかよ。違うんだったらいきなりオタクかって聞かれて驚いたかもしんないけど、だってあの人がオタクだって言ってたんだよ仕方ないじゃん。大体人に「あいつオタクだよ」とか言われてる時点で大概自覚してないだけで実際オタクだったりするわけだし。やっぱ本当はオタクなんでしょ？ 違うの？ どっちなの？ 色々と糾弾したり追及したりしたかったけれど、何だかもう面倒で、どうでも良かった。黙ったまま彼の煙草を一本拝借して吸っていると、彼の持っていた煙草から灰が落ちた。灰皿を差しだそうと目で探したけれど見あたらず、コンクリートの床に彼の吸い殻が何本か落ちているのを見つけ、なるほど、と思いながら私も灰を落とす。何か、うるせーなこのトランス。無意識の内に零れた独り言に、彼が振り向いた。

「君は、音楽とか聴くの？」

「聴くよふつーに」

「どんな音楽を聴くの？」

「どんなって、トランスとか、ハウスとか？」

「何が好きなの？　トランスでは」

「何って、何？」

「だから、好きなＤＪとか、レーベルとか」

「ああ、別にそういうの気にしない。クラブで踊るためのものだし」

「そう」

「あ分かった」

「なに？」

「あんた音楽オタクなんでしょ」

「止めた方がいいよ。そういう汚い言葉使うの」

「汚い言葉ってオタク？」

「そう」

「オタクオタクオタクオタクイクライクラララー」

冗談だったけれど、彼はとても憂鬱そうな表情を浮かべた。彼と話しているこの空間が妙に心地よくて、妙なハイになりつつあって、冗談がこぼれ落ちてしまっただけだった。だから彼が憂鬱そうな表情を浮かべたのを見て、本当に申し訳ない気持ちになった。私は彼に憂鬱になってもらいたくない。何でかは分からない。それでも私は、彼の憂鬱をどうにかしなければならないと感じていた。

「ねえごめん。怒った？」

「いいよ。俺はもう君の言葉を音符として捉える事にしたから」

「あ分かった。それって絶対音感みたいなやつ？」

「よく知ってるね。ギャルなのに」

「つーか私も絶対音感あるんだよ」

「本当に？」

「まじっす。私三歳からピアノやってたの。とうの昔にやめたけど」

「何でやめたの？」

「何か」

「うん」

「ピアノの中に自分の死体が入ってる気がして」

「へえ」

「変だよね」

「変？」

「変じゃない？　だって何か、そういう事考えてるガキって気持ち悪くない？」

「変じゃない。普通に起こりうる事だよ。君は、変とか、オタクとか、世間的な尺度でしか物事を測らないんだね」

「だってあんたも世間でしょ」

「君自身が誤解されかねないよ」

「はいはいはいはいはいはいはいはい」

また憂鬱そうな顔をする彼に、また申し訳ない気持ちになる。私は何故、人を不愉快にさせてしまうような事をしてしまうのだろう。私ははいはいと連呼すれば彼が不愉快になるかもしれないと知っていた。それでも言ってしまった。それは普通の嫌がらせよりもずっとタチが悪い。何しろ、憂鬱にさせたくないのに、させてしまうのだから。

「ごめん」

「いいよ。音符だから。君は、ピアノはどこまでやったの？」

「ブルグミュラー、とか？　でも私超常的に才能なかったの。すっごい下手なの」

「君は何でギャルなの？　絶対音感があるのに」

「いやいや別になくていいし。ギャルと絶対音感関係ないし」

「そうかな」

「つーか何か私たち普通に話せてない？　伝わってない？」

「話せてるね」

「もっと喜ぼうよー」

「うん」

彼は、何故ここにいるんだろう。素朴な疑問が湧き上がる。この中の誰の友達なのだろう。部屋を見渡してみても、彼と仲の良さそうな人など一人もいなかった。カナががんがん一気をさせられているのが目に入る。モモちゃんは先に来ていた女の子たちと仲良くなったようで、何人かの輪に入っていて楽しげだ。ランちゃんは見あたらない。まあ恐らくさっき絡み合っていた男とヤリに行ったのだろう。

「あんたは、女に興味ないの？」

「何？　君はヤリたいの？　俺と」

「いやいや、私オタク嫌いだから」

「俺もギャルは嫌いだ」

「ギャルには絶対音感ないんだよね？」

「基本的にはね」

ゆったりとした空間。ゆったりとした口調で喋る男。やはり彼はエイリアンなのかもしれない。こんなにも殺伐とした空間にいながら、私はまるで異世界にいるように現実感を失い、それでいながら涼しいほどに平静だ。女の子の悲鳴に振り返る。悲鳴をあげたらしき女の子を二人の男が抱え上げ、抵抗している彼女を部屋から連れ出していくのを見ながら、それでも私は冷静だ。涼しいほど。カナはそれを見ながら若干怯えたような表情を浮かべたけれど、今更酔っぱらった体を覚醒させる事は出来ないようだった。そんなカナを見ながら、やっぱり私は冷静だ。

「彼ら犯すの？　彼女の事」

「そうなんだろうね」

「そうなんだ」

「そういう集いだって知ってて来てるんでしょ？」

「私は知らなかったよ。ていうか、集いって言い方変だよ」

「知らなかったの？」

「知らなかったし。つーかあの連れてかれた女の子もさあ、抵抗してたじゃん」

「仕方ないよ。無知は罪だ」

「え、何？　鞭打ちの刑が罪？」

「……そうだね」

分かってるよ。知ってて惚けたんだよ。とは言わなかった。知ってて惚けたという事を知っていたから、彼は説明しなかったのかもしれない。きっと彼からしてみれば、ランちゃんに騙された形でここにやって来た私も、無知だったりするのだろう。そして、マンションを見上げて乱交かなー、と勘づいた時点で帰らなかったという事実も、罪だったりするのだろう。もっと言えば、私は騙されたとも言えない。ここでレイプされたとしても、私はランちゃんを責める事は出来ない。結局のところ、そんぐらいの事は自分でどうにかするべきなのだ。

「私も犯されるかな」

「君は……」

「なに？　何で黙るの？　私は可愛くないから犯されないとか言いたいの？」

「いや、君は可愛いから、絶対に犯されるよって言いたかったんだよ」

「あー嬉しくない」

「……」

「でも可愛いとか言えるんだね。オタクでも」

「まるでオタクよりギャルの方が上だと言わんばかりだね」

「あーあ。乱交か」

　話している内に、本気で憂鬱になった。乱交。レイプ。これから先起こるであろう事柄の全てが憂鬱だ。それでも、彼に可愛いと言われた事が嬉しくて、憂鬱と嬉しさを同時に感じる事が可能なのだと、私は十八にして初めて知った。彼に、教えてもらった。でもきっと、これからどんどん憂鬱が勝っていくに違いない。

「君は、犯されたくないの？」

「ないね。とてもないね」

「そう」

「やだよ」

「大丈夫だよ」

何が？　どうして？　全く男っつーのはどうしてこんなにも無責任に大丈夫だなどと抜かせるんだろう。全く男っつーのはいつの時代も……。などと考えながら、本当は全然苛立たしくなどなかった。私は何だか、彼に大丈夫だと言われた瞬間全てが大丈夫なような気がした。それこそ、ここにいる男達全員にマワされても、大丈夫なような気すらした。何でだろう。彼にはそういう、根拠のない自信を植え付ける力があるのかもしれない。そうこうしている内にカナのキャミソールが脱がされる。あのブラ私のだし。何であいつがつけてんだよ。ああ、ナツの家に置いてったやつ勝手に使ってんのか。ていうかカップ違うくせになに人のブラ勝手に使ってんだよ。

カナは抵抗しているのか、それとも抵抗に見せかけた歓迎をしているのか。言う事を聞かない体を無理矢理のように動かしている。私のブラが茶髪の日焼けした男に外され、床に落とされた。その、ぽとりと床に転がったブラは、本当に一銭の価値もないもののように思えた。私のブラには価値がない。歌を歌うように、頭の中で繰り返す。私のブラには価値がない。私のブラには価値がない。カナの乳首が何かのツマミのようにぐりっと捻られる。いたあっ、という声はやはり本気の拒絶とは思えなかった。

「行こうか」

彼がそう言って、面倒くさそうに立ち上がった。本当に、この世の終わりとも言えるほどの面倒くさげな仕草だった。どこに？　行くの？　そう思いながらも黙って彼に倣うと、立ち上がった瞬間目の前にいかつい男が現れて、驚いた。私はずっとこの部屋で起こっている色々な事を見たり、聞いたり、考えたりしていたけれど、もしかしたら、実際のところ突如出会ってしまったこの奇妙な男に心奪われて現実感を失い、本当は何一つ現実を把握出来ていなかったのかもしれない。そう、それほど私たちの目の前に立ちはだかった男というのは、現実味に溢れていた。彼と見比べると、随分とがっしりとした体つきなのが分かる。彼がひょろいというわけではないけれど、彼がひょろく見えてしまうほど、その男はいかつかった。

「どこ行くの？　まだ帰んないよね、リンちゃん」

そう言われて、何か面白いギャグで流そうかと思った瞬間、手首を掴まれて引き寄せられ、いきなり乳を揉まれた。本当にその男の仕草は、胸やおっぱいなどという美意識を無視した、まさしく乳に対する仕草だった。あー、何かこの男うざい。でも揉まれて勃起していく乳首が一番うざい。後ろから彼に手首を引かれて、私は男に乳を揉まれながら上体を反らす、という間抜けな姿勢になった。私の間抜けがあまりに哀れだったのか、胸を掴んでいた男が手を放す。

「俺がやる」

彼は私と男の間に入ると、オタクらしからぬ口調できっぱりとそう言った。

「何だよお前。さっきまで帰るとか言ってたくせにいいとこ取りかよ」

「後で回すから」

彼はそう言って、私の手を引いて部屋を出た。最後に一度だけ振り返ると、男にのしかかられたカナの足が、酔っぱらい特有の鈍い動きでテーブルを蹴ったのが見えた。玄関まで来ると、彼は手を放してドアの鍵を開ける。廊下には、ランちゃんの大きな喘ぎ声が寝室らしき部屋から響いていた。

「逃げなよ」

「いいの？」

「うん。早く行かないと見つかるよ」

「あんたは？」

「大丈夫だよ」

「何でどうして大丈夫？」

「君が逃げたって事にするから、大丈夫」

「ねえ私リンっていうの」

「うん。もう行きなよ」

「ねえまた会える？」

「大丈夫だよ」

　何でどうして？　何で大丈夫？　そう聞きたかったけれど、寝室のドアが開く音がして、私はじゃあねと言って片手で手を振りながらドアを開けた。私の言葉に答えるようにして、彼が少しだけ恥ずかしそうに手の平をこちらに向けた瞬間、背を向ける。すぐにドアが閉まる音がして、振り返ったけれどもうそこには誰もいない。エレベーターがなかなか到着せず、私は非常階段を駆け下りた。かんっかんっかんっかんっ。ヒールの音が心地良い。最後の一段まで駆け下り、非常ドアから外に出た瞬間、膝をついて天を仰ぎたい気持ちになったけれど、しなかった。大通りまで走ると、曖昧な記憶を辿って歩き始める。何度か車からナンパされたけれど、私はどの車にも乗らなかった。

サンダルを手に持ち、裸足で歩き続ける事数十分、見慣れた光景に安堵する。サンダルを履くと、いつものルートを辿る。へとへとで、暑すぎて、結局なんか暑さのせいでランちゃんについていってたらもっと暑い思いする事になったなー。そう思っている内にカサノブレに到着した。それでも地下へと続く階段を駆け下り、フロアーに飛び出すといつもと同じようにDJのカズとエアキスをして、店長のローマンとハグをして、顔見知りの仲間とエアキスをして、知らない仲間と知り合ってハグをして、いつもと同じように踊った。じやきじゃきとしたトランスに合わせて黄金の照明が円形のフロアーを照らし出す。体の節々が生き物のようだった。それぞれが何かの生き物で、その生き物たちが勝手に動いてしまっているようだった。卒倒してしまいそうなほど気持ちいい。汗で化粧が流れて、汗で香水が流れて、汗で汗が流れる。ああ何かもっと、流れちゃいけないものまで流れちゃえばいいのに。涙が出そうになるほどの快感に身を委ねながら、私は理由も根拠も何もなく、ただただ「大丈夫」そう思っていた。

「何で私に嘘つくんだ！」

何それゲーム？　面白いの？　などと覗き込みはしない。分かっている。この男はゲームなどしない。パソコンの前で何をしているか、私は知っている。ミキシングだ！

「何でミキシングしてんだこの野郎私の怒りが目にはいらねえのかてめえ見ろよこんなに全身で怒りを表現してやってんだぞ。私こんなに怒ってんだぞ。本気だぞ私は！」

戦慄いてみせるけれど、シャアが振り向かないため、私は男の背中に向かって滑稽な動きをしている女に成り下がってしまう。しかし、シャアは私がこうして戦慄いているのを滑稽に見せるため、わざとこちらを見ないようにしているのではない。シャアは、そういう計算の出来るような男ではない。つまりシャアはただ単に、戦慄く私に興味がないのだ。

「何で嘘つくんだって聞いてんだろてめえ話し合え。無視すんな無視するくらいなら死ね！　あるいは今すぐ私を殺せ！　窓から突き落とせ！　今殺せ！」

「ちょっと、うるさい」

後ろにいる私に振り返りもせず、「ストップ」と言いたげに手の平を向けるシャアのその手をペンチでへし折ってやりたいへし折ってやりたいと思いながら、ずっと鳴り続けているトランスの、その飽き飽きしたリズムにへなへなと体を委ねる。この曲は、もう三日三晩この部屋に鳴り響いている。シャアは音楽の事となると途端に私の事など眼中になくなる。いや、元々私など眼中にないのかもしれないが。……ちょっと待て私は彼女だぞ？という自尊心が芽生え、更には焦りすら感じる。彼女だぞ？私、彼女だぞ？　え、ていうか私彼女だよね？　付き合ってんだよね私たち？

「付き合ってんだよね！」

「うん」

「うんって、何が？」

「みそ？」

「……汁？」

「そうだね」

「みそ汁ね」

「三つ」

「みそ汁三つね。食べたいね。何で三つなの？」

「…………」

「ねえねえ何で三つなの？」

「リンのと、俺の……」

「あと一つは誰の？」

「うん」

「うんって何が？」

「うん」

「だからうんって何だよ。三つ目は誰の分なんだよ」

「だから三つでしょ？」

「だから何で三つなんだって聞いてんだよてめえ上の空で寝ぼけた事言ってんじゃねえぞ、おいてめえバカにしてんのか私の事。おいおいまたシカトかよもう勘弁してくれよみそ汁みそ汁ほざいてたと思ったらまたシカトかよお前の思考回路は猿か！　鶏か！　死にさらせ」

「じゃ」

「じゃ、って何？　どこ行くわけ？」

「ローマンさんの所で編集してくる」

「だって今、今してたじゃんミキシング」

「うちには機材がないから出来る事が限られてるんだって、何度言えば分かるの？」

「いやいや、そんな何か、何か逆ギレしないでよ。元々あんたが嘘ついたのがこの私の怒りの発端だぜ？」

「急ぐから」

シャアはそう言ってあっという間にジャケットを羽織ると、玄関に向かう。ねえごめん私が悪かったよもう嘘ついても責めないからお願いだからねえお願いだから怒らないでお願い。そう言いながら必死の思いでタックルすると「大丈夫だよ。俺は何があっても怒らないから」と振り払われた。不安で不安で仕方なくて泣きそうなまま玄関に立ちつくしていると、シャアは最後に振り返ってじゃあね、と呼びかけるように言う。

「好きなんだよシャアの事が。だから嘘とか嫌なんだよほんともう止めて」

「悪かったよ。もう嘘はつかないよ。そんなに怒ると思わなかったんだよ」

「好きなんだよ」

抱きつくと、シャアはうん、うん、と面倒臭そうに私を受け止めて、マンションを出て行った。その後ろ姿に、好きだからね、と言って手を振りながら、私は何だか虚しい気持ちのままだった。当然の事ではあるが、釈然としない。部屋に戻って憎たらしいパソコンを見つめると涙が溢れてくる。どうして私はいつもこうして空回りをしなきゃいけない。どうしてシャアは私がこんなに愛してもまともに相手にしない。どうして。何があっても怒らないだと？　それは感情が死んでるんじゃなくてか？　そんなに怒ると思わなかったって、お前それ人の心を読む機能が低下してんじゃねえのか？　もう嘘つかないって言葉だって信じられたものか。でもどうしてこんなに憎くて憎くてしょうもない奴なのにどうしてこんなにシャアが好きで仕方ないんだろう。ひどい奴だ。もう本当に信じられない。

　つきあい始めた頃は良かった。出会った頃の事を思い出すと悲しみが募る。あの乱交マンションでの、ドラマチックもいいとこ！　な出会い。そしてドラマチックもクソもない！　牛丼屋での再会。オタク特有の決定力のなさのため、つきあい始めたのも、ここに転がり込んで同棲を始めたのも私の一方通行感があったけれど、私は全てがバラ色な気がしていた。この人と一緒にいれば私はずーっと幸せ。永遠に幸せ。疑いようもなく。そう思っていた。つきあい始めた頃、丁度カサノブレで一人ＤＪが辞めたため、小さなハコでＤＪをやっていたシャアを紹介して採用してもらった時など、もう家でも外でも私たちずっと一緒！　と、これ以上に幸せな事など一つもないような気がして逆に憂鬱を感じるほどだった。しかし一緒に生活をしていくにつれ、私は理解した。音楽オタクというものの、本性を。毎日毎日あの小汚いパソコンに向かって延々同じ曲を流し続けてはミキシングを続け、週に一、二度のデートもレコード屋ばかりで、それでも好きだから一緒にいてあげてるのにそんな私に嘘つくだなんて、本当に信じられない！

つい一昨日の事だった。ねえねえビーチリゾートだってー。あたいここ行きたーい。きゃーんアクアブルー。と冗談交じりでどこかに行きたい気持ちを伝えようと、必死でテレビを指さしアピールしている私に、シャアはデスクから立ち上がり「じゃ」と今日と同じ口調で外出を伝えた。どこ行くのねえねえどこ行くのビーチリゾート？　と詰め寄ると「カズくんが今日休むっていうから、DJの代打やる事になった」と言われ、聞いてないよちょっと待ってよ何でどうして昨日の内に言ってくれないの？　と責めたけれど、こちらを相手にしないコンニャクのような態度のまま、シャアは今日と同じように出て行ったのだった。

そう、しかしDJの代打は嘘だった。昨日私の携帯が鳴った時、あー、カズだあ、と言った途端シャアがそわそわし始めたのに勘づき、開口一番で「どうして昨日カサノブレ休んでシャアにＤＪの代打なんてさせたのさ」と言った瞬間パソコンに向かっているシャアの背中がぴくりと動いた。ような気がした。思った通りカズは何それ、と訝しがり、頼んでないけど？　と続けた。ああ何か今寝ぼけてたごめーん、と適当に流し、来週友達がイベントやるから来ない？　というカズの用件を「はいはいはいはいはい」と適当に聞くとすぐに電話を切って詰め寄った。一体何故、何故私に嘘ついた？　どこ行ってやがったんだ？　おいこらてめえ浮気か？　シャアは浮気を否定し、しばらくだんまりを決め込んだ後に白状した。「どうしても欲しいレコードがあったから探してた」と。それが仮に本当で、何もやましい事がないとしたら一体何故私に嘘をついたのか、と再び詰め寄ると「レコード屋に行くといつも早くしろってせっつくから」などとほざきやがった。体中が怒りに震え、錯乱し、取り乱し、責め続けたけれど、シャアは理由を説明するともう用は済んだと言わんばかりにパソコンに向かい、例の聞き飽きた曲のミキシングを始めてしまった。かち、かち、かち、かち、ってお前マウスで返事してるつもりかおい？　と言っても、キーッ、と袖口を噛んでも、シャアは振り返らなかった。そして私が一晩中怒鳴り、わめき、泣き、責め続けた挙げ句、シャアは先ほどめでたく私の言葉責めから解放されたというわけだ。わけだ？　一体どういうわけだそれは！

ほとんど反応を示さない人に対して、ここまで執念深く責め続ける事が出来た自分を褒めたい。しかし褒めたところで私の一晩分の時間は戻って来ないし、最終的には好きなの捨てないでお願いと泣きついてしまった。それもこれも、私がシャアの事をこんなに好きだからだ。私はシャアを責める前に、こんなにもシャアの事が好きな自分自身を責めるべきだ。自分自身を責める？　何でだ。私は絶対に嘘はつかないし、何一つ悪い事などしていないというのに。

昨日、カズから電話が来る前、まだ私とシャアが仲の良かった時間帯に食べていた焼餃子の皿を片付けようと手に取った瞬間、その餃子皿をパソコンに投げつけている自分の姿が思い浮かんだけれど、実行はしなかった。皿を持ったままふるふると、投げつけてしまうかもしれないという恐怖に震えている自分が滑稽に思えるようになるまで突っ立っていると、滑稽に思えた瞬間台所に向かった。リビングのローテーブルの食器を片付けてしまうと、リビングの一角を占めているシャアのパソコンデスクとターンテーブルを眺める。デスクの上に置いてある二本のペットボトルを捨てたくて捨てたくてしょうがないが、シャアは私がデスクの上に置いてある物に触ると私を睨む。え、何？　怒れば？　怒ってんでしょ？　と思うけれど、シャアは絶対に怒らない。ただただ睨む、という目の力を過信しているような行為で怒りを露わにするだけだ。いや、違うかもしれない。もしかしたら彼は、本当に怒りという感情を持っていないのかもしれない。ただ単に、睨むという行為によって自分がされたくない事を相手に教えようと、ただただ、睨んでいるのかもしれない。私はシャアの睨む時の目が恐い。もう捨てられちゃうの？　私捨てられる？　という不安と恐怖で一杯になる。だから私はシャアに睨まれるような事はしない。とても気になるが、絶対にペットボトルには触らない。ペットボトルの誘惑を振り切ると、身支度を整えるためバスルームに向かった。

水を浴びながら思う。私は何故こんなにも嘘が嫌なのだろう。ずっとわめき散らしながら、ずっと疑問だった。嘘つかれた嘘つかれた嘘つかれた、頭の中で考えただけで体中から蛆が飛び出てくるのではないかと思うほど体中が怒りで膨れあがった。怒りで膨れあがっているのに何故蛆が出てくるのか。そう、怒りは蛆に似ている。あれよあれよという間に繁殖し、取り返しのつかない事になってしまう。しかし、蛆は殺してしまえば良い。怒りは、自分の意思で殺せないから嫌だ。シャアは、レコード屋に行くと私が早くしろと急かすから嘘をついたと言っていた。でも、それほどレコードが重要ならば、その重要さを私が納得いくまで私に説明し、その、レコードを買いに行く事の重要さを私に理解させるべきだ。何故シャアはそれをせずに、嘘をついたのか。つまりシャアは、私の事を理解力に欠けた人間だと思っているのだろうか。理解力に欠けた人間？　それはつまり、バカじゃないか！　目を見開くと、シャンプーが目にしみた。

シャアの嘘に対して、自分が予想以上に動揺している事に気付いた。いくら冷静になろうとしても、冷静を装おうとしている自分に気付いて更に動揺してしまう、というバッドスパイラル悪循環シットループに巻き込まれてしまいながらも、そこから抜け出す術は見つからない。昨日、嘘を知ってからずっと怒鳴っていたため声はかれているし、泣いたせいで目は腫れているし、とにかくテンションが低い。自覚はしているが、ではテンションを上げようとか、上げるために何をしようとか、そういう発想は生まれない。外出などすべきでなかった。今日はシャアのバイトが十二時からのため、夕方からイベントをやっているクラブメデイアに行き、その後シャアの働くカサノブレに行こうという当初の予定を崩さず、頑固に出かけてしまった自分自身の幼さが今は憎い。何故私は、シャアと喧嘩をしてテンションが低いから今日は出かけない、という素直で正直な判断が出来なかったのだろう。私は全く、素直じゃない。

「どーしたのーリン、ちょー目ぇ腫れてる」

メディアに到着してから幾度もされ続けている質問を、ボックス席にやってきたカナがまた繰り返す。

「泣いた」

皆には「うるさい聞くな」と攻撃的に出たけれど、カナには正直に答えた。どうせ、うるさい聞くなと言ったところでしつこく食い下がってくるに決まっている。

「何で？　あ、シャアさんと喧嘩？」

「嘘つかれた」

「何それー」

「バイト行くって言って、本当はレコード屋行ってた」

「はあ？　何でそんな嘘つくわけ？」

「分かんない」

分かんない。酔っぱらってへらへらしているカナにそう嘘をついたのは、その理由を説明するにはこのフロアーがうるさ過ぎるからだ。そしてカナが酔っぱらい過ぎているからだ。クラブには、事実を伝えるために必要な条件が揃っていない。汗をかいているグラスの中で薄まってしまったジントニックを、それでもいい、どうせ私には薄まったジントニックがお似合いだ、と自嘲交じりで飲もうとした瞬間、グラスの冷たさを感知した手から電流が走る。ワオ。何か一つ、今の私には重大な矛盾が生じているのではなかろうか。そう、私は今嘘をついた。シャアと同じように、嘘をついた。確かにシットシュア、私にはシャアの嘘をついた理由がはっきりと明確には分からないが、彼の「レコード屋に行くと私が早くしろとせっつくから」という理由は聞いた。つまり私は、知っていたのに分からない、と嘘をついた事になる。事実私は、嘘をついたのはフロアーがうるさ過ぎるからだ、と思っていた。それが嘘であると認識していた。自分が嘘だと思うもの、それはどう考えても嘘だ。自分が無意識的に嘘だと思っていたもの、それを嘘でないと言い張るのは、嘘を嘘で包み隠す行為に等しい。認めよう。私は嘘をついた。何故か。それはフロアーがうるさ過ぎるからだ。事実を伝えるために必要な条件が揃っていないからだ。つまり、シャアが私に嘘をついた時、シャアは事実を伝えるために必要な条件が揃っていないと思っていたのだろうか。必要な条件、それは何だ。シャアがバイトの代打に行くと言った時、私たちはあのマンションにいた。二人で、静かなひとときを過ごしていた。確かに私はビーチリゾートビーチリゾートとわめいていたかもしれないが、それは必要な条件を失わせる要因となっていただろうか。ビーチリゾートも良いですが、ちょっと静かにしてください。

私はこれからレコード屋に行きます。あなたが一緒に来ると早くしろとせっつかれるので、自分一人で行きます。そう言えない理由があっただろうか。そんなはずない。私はいつもいつも、シャアの言う事を全て受け入れ、シャアのしたい事を一番に尊重している。じゃあ何故シャアは嘘をついたのか。私はシャアに、自分の言う事を受け入れず、自分のしたい事を尊重してくれない女だと思われているという事だろうか。私が、シャアの言う事を否定し、シャアのしたい事を全く認めない女だと……？

まあそうなのだろう。そう思っているのだろう。そして、シャアがそう思っているという事は、そういう事なのかもしれない。それだけの事だ。それだけの事？　まあそれだけの事だ。その事自体が、それほど大変な問題だとは思えない。そんな事が大変な問題になっているカップルだなんて、認めたくない。私はシャアのやりたい事したい事を認めない女？　それはやっぱり、バカじゃないか！　……ワーオ。

ジントニックを置き、カナの手を取るとフロアーに飛び出した。こうして色々と物を考えている内に、結局自分の悩みの原因が自分自身のバカさにあると知ると、ばかばかしくてやっていられなくなる。当然だ。誰だって、自分がバカだなどと思わずに生きていたい。

カサノブレ。シャアのＤＪ。私は踊る。タケノコの真似をして、伸びるように踊る。合掌した手をニョキニョキと天に向けて伸ばしていると、何それきもい、とカズに言われた。嘘をつかれたため、シャアのＤＪで素直に踊りたくなかっただけだ。しかしそんな事を言ったところでバカ女として軽視されるに違いないため「昨日タケノコ食べた」とまた嘘をついた。やはり私は素直じゃない。カズは踊りながら頷いて、微妙な表情を浮かべる。どうせ、筋が通っていない、などと真面目な事を考えているのだろう。何を真面目にタケノコダンスの意味を考える必要がある。おいおい人生は冗談だぞ。人生は冗談で構成されているものだぞ。そう思い込んでいるのは私だけかもしれないし、私だけだったとしても特に別にどうでも良い。では言い換えようか。私の人生は冗談だ。冗談が通じない者は私の存在を認めなければいい。良い良い。私など存在しない。そう思っていれば良い。いずれ私は私の存在を世に知らしめ……。ばかばかしい。私がどうやって自分の存在を世に知らしめるというのだ。私の存在？　そんなものがあったかどうかも分からない。今だってあるかどうかも分からない。今こうして金色の光を浴び、シャアの流すトランスに合わせてタケノコの真似をしている私。そんな存在、誰だって認めない。私だって認めない。つまり私も冗談が通じない人間なのか。そうだ。それはそうだ。シャアの嘘をユーモアのある冗談で流したり、適当に冗談交じりで責めたり、冗談で片付ける事が出来なかった。

私はシャアと出会い、大分変わってしまったようだ。シャアを愛せば愛するほど、適当さがなくなっていく。生活も男も、何もかもが面倒臭くなって、適当な放浪生活を始めたはずだった。それが、シャアと出会った瞬間から、私はまたせっぱ詰まった人間に逆戻りを始めてしまった。私はもう、大まじめな人間だ。だからこそ、私はタケノコダンスを踊るのかもしれない。そして、これからもタケノコダンスを踊り続けたいのかもしれない。ニョキ。ニョキ。ニョニョ。ニョキニョキニョキニョキッ。伸びていく私。そう伸びていけ天に向かって伸びていけ。出来れば一日二十センチ、少なくとも十センチくらいは。


タケノコダンスとテキーラで酔いつぶれた私は、シャアに担がれてＶＩＰ室に運ばれた。

「いいですか?」

耳元でシャアの声がする。何がいいんだ。何も良くない。お前の嘘は何一つ良くない。

私はまだ、あんたの嘘を憎んでる。

「いーよー。あ、リンちゃんも潰れたのー?」

ランちゃんの声だと気付く。お前も酔っぱらったくちか。お前もタケノコで、テキーラで、嘘で、現実を認めたくないくちか。ほう、ランちゃんがね。シャアは向かい合わせになっているソファに私を置くと、じゃあ上がったら迎えに来るから待ってて、と言い残してVIP室を出て行った。

「仲間が来てくれて良かったよー。寂しかったのー」

「ランちゃんは何？　どんな嘘をつかれたの？」

「嘘？　誰に？」

冗談で流してもらいたかったけれど、冗談で流してもらうための質問にしては直接的過ぎたかもしれない。冗談で流せよてめえ、と、私はキレられない。冗談で流してもらえなかったのは、私の至らなさが原因だ。横になったまま薄く目を開くと、ランちゃんの足が見えた。ランちゃんの足を見ながら、ランちゃんと話すのは初めてだ。部屋に二人きりで、互いの足を見つめている時の何とも言えない気持ちを味わわせようと、シャアはわざと私をランちゃんと逆向きに置いたのだろうか。だとしたら、シャアは全く味な奴、いや、おつな奴だ。

「ねえランちゃん。嘘って嫌だよね」

「うんいや。私嘘嫌い。嘘つく奴大っ嫌い」

ランちゃんの反応に淡い期待がつのる。そうか、私が求めていたのは共感だったのかもしれない。誰かにこの苦しみを分かってもらいたい。誰かと分かち合いたい。嘘をつかれた時からずっと、そう思っていたのかもしれない。だからこそ私は一晩中、シャアに自分がどれだけ辛いかを体中で表現し続けていたのかもしれない。結局、シャアがそれを理解してくれる事はなかったけれども。

「こないだナンパしてきた奴がさあ、俺巨チンだよー、って言うからホテル引っ張り込んだんだけどさー、したらちょーちっせえの。も、テンション下がるわー、って。最悪だったよ。まあヤッたけどね」

そういう話じゃない。ランちゃんの足はでかい。ペディキュアはピンク。所々剝げている。

「それからさー、こないだナンパしてきた奴とヤッた時さあ、俺絶対外に出せるから、っつーから騎乗位でめちゃめちゃ腰振ってたらさあ、あーっ、とか言ってイッちゃってやんの。これもまじで傷つくわー、って。まあピル飲んでるけどさ」

そういう話でもない。ランちゃんの足の小指がぴくりと動く。何かあったのか？　小指を動かし、何をしようとしているのか。もしかしたら、ランちゃんは向かいのソファに横たわる私をキックするタイミングを計っているのではないか。だから、だから今こうして小指をぴくりと動かしたのではないか。真正面に足があるという異常な状況のせいで、私は少々被害妄想が激しくなっているのだろうか。いやしかし、もしもキックしようとしているのであったとしても、ランちゃんの足は私の顔面まで届くのだろうか。確かにランちゃんは背が高い。足も長い方だ。しかし、このローテーブルを挟んで向かい合うソファに横たわる私の顔面にまで、あの足は届くのだろうか。届く、かもしれない。しかし待て。私は今酔っぱらっている。今の私の遠近感を信じて良いかどうか、さっぱり分からない。試しに、右目を瞑って両人差し指の先をくっつけようとしてみる。さすが私。すかすかだ。すかっと外した。やはり、私の遠近感は信じられない。じゃあ私の顔面とランちゃんの足までの距離を測るため、ランちゃんの足に向けて手を伸ばしてみようかとも思うが、何すんだてめえ、とその瞬間手を蹴られてしまうかもしれない。

「あとさあ、私こないだ拉致られてさあ。まあさあ、ただレイプされんだったら別にいーやーって思ってたんだけどさあ、思いっきりマワされてさあ、まあ気持ち良かったんだけどさあ、何か森みたいなとこに捨てられたわけよー。も、まじ呆然。ね。車から降ろされた瞬間唖然。よ。あたし死ぬんだあー。って思ったよまじで。まあ、ヒッチハイクで車捕まえたんだけどね。そんでそのヒッチハイクした車の奴らともヤッたんだけどね。でも新宿まで送ってくれてさあ、まじで助かったよー」

最初のお題であった「嘘」が完全に無視されている？　いやしかし、私は無視されているという事実を真摯に受け止めなければならない。ランちゃんには、こういう話をしなければならない必然性があるに違いない。そう。私は他人を尊重する。もしも私がランちゃんの気持ちを考えず、ただただ自分の話したい事だけを話していたとしたら、ランちゃんはこうして自分の話したかった事を口に出来ず、黙ったまま無理をして私の話を聞いていなければならなかったのかもしれない。それは、一種の嘘かもしれない。自分にはしたい話があるのに、相手がまくし立てるように話すから、話さない。自分がしたい事を相手のために我慢する。それは嘘だ。自分に対する嘘だ。シャアは、私のために自分のしたい事を我慢しなかった。それは、自分自身への嘘になるから。か？　人に嘘をついてでも自分がしたい事をする。それは、自分自身に対して誠実であるため。か？　私よりも、自分自身に対して嘘をつくほうが罪深いと、シャアは思っていたのだろう。か。だとしたら、シャアは私よりも自分自身を愛しているという事だろう。か。シャアは私を人として認めていないわけではなく、理解力のない女だと思っているわけではなくて、ただ単に自分が一番大切なだけなのだろう。か……。

だとしたら、私がシャアに求められるものは何もない。ビーチリゾート行きたーい。などと、よく言えたものだ。ではどうすれば良いのか。シャアに誠実であってもらいたい私は、どうすれば良いのか。そうだ。シャアの価値観をそのまま共有すれば良いのだ。そうすれば、シャアが自分自身に対して持っている誠実さを、私にも向けてくれるに違いない。シャアがレコードを買いに行きたい時は、私よりもレコードを優先してくださいそれが正しいです。それが一番正しいです。それ以外に正しい事などありません。そう思い、その気持ちを態度で示せば、シャアがレコードを買いに行く事が、私の気持ちを優先しているという事にもなる。そうだ。私がシャアと同じ価値観を持てば良いのだ。そうすれば私はシャアに優先してもらえる。そうだ。自分の意思を抹消し、全てシャアの思いのままに動けば良いのだ。……何だそれは。一体何の話だ。

「リンちゃんはなに？　シャアさんに何か嘘つかれたの？」

「うん」

「何それ何それちょー聞きたいシャアさんって嘘つくの？　ちょー信じられなーい」

ちょっと待て今爪先がぴん、ってしたぜ。おいおいランちゃん何目論んでんだよ。今ぴんってしたぜ。やっぱり蹴ろうとしてんの私の事？　ちょっと待て、まずその足は届くのか？　いや違う。まず、ランちゃんは何で私を蹴りたいと思ってんの？　つーかその、ソファの下に転がってるブーツとっても臭そう！　その臭そうなブーツを履いていた生足で私を蹴ろうとしてんの？　どうして何で？　私が何したっていうの？　ねえランちゃんまでひどいよ。みんな、みんなみんな私の事を疎外する。みんな私の事を尊重しない。誰も尊重しない。どうして何で？　私がこんな女だから？　こんな女って何？　バカな女だから？　ランちゃんだってバカな女じゃない。ランちゃんほどバカな女だっていないじゃない。どうしてランちゃんが同類の私を蹴ろうと思うの？　私たちの間に何らかの階級があるの？　だって、誰だって同胞の誰かを蹴ろうとか思わないでしょ？　仲間でしょ？　確かに私は乱交もしないしシャアと付き合っている今、ナンパしてきた男ともやらないしフェラもしないしクンニもされないし手マンもされないしほんと勘弁ですっていうお堅い女気取ってはいるけれど、別に基本的には変わんないはずだよ？　セックス好きだし。ランちゃんと同じだよ？　どうしてそんなに私の事憎むの？　どうして誰も私を好意的に受け止めてくれないの？　ランちゃんの足の指が開く。指が長いため、手の指のようだ。

「ランちゃんて、足の指開くんだね」

「すごいでしょー。ほらー。グー。チョキ。パー」

グーチョキパーを実行するランちゃん。私は、被害妄想が激しい。常にシャアから皆から世界から疎外され、差別されていると思いがちだ。本当はみんな優しくて、私を尊重しようとしてくれているのかもしれない。それなのに、私の激しい被害妄想が、それを阻んでいるだけなのかもしれない。世界は優しさに満ちている。そう思いたい私がいる。しかしそう思えない私もいる。結果が全てのこの世界、そう思えない私がいるという事は、世界は優しさに満ちていないという事だ。そう。世界の規定は私がする。ここは、私が生きている世界だ。他の誰かが規定している世界は、私の世界ではない。それは、他の誰かの世界、だ。世界は無数に存在している。そこに生きている人々の数だけ。私の世界はとりわけ意地悪。それだけの事だ。

「ねえねえ、シャアさんにどんな嘘つかれたの？」

「シャアは嘘つかないよ」

またただ！　私はまたしても嘘をついた。シャアと同類だ。私は嘘つきだ。愚か者だ。別に、シャアにつかれた嘘について話すための条件が揃っていないわけではない。この部屋はベース音こそ聞こえるが話が出来ないほどうるさいわけではない。私はシャアにどんな嘘をつかれたのか説明する事が出来たというのに、シャアは嘘をつかないと、嘘をついた！　もういい。何かもう、嘘とか嘘とか、嘘とか嘘とか面倒臭い。嘘についてなんか考えたくない！　もう考えない！　面倒だから！　こういう、ものを深く考えられない性質が私の問題を増長させているような気もするが、それはそれ。これはこれ。今はランちゃんの足が私を蹴ろうとしている事が、一番の問題だ。私はいつも立ち返る。始まりに、立ち返る。そして、何の結論も出さない。私の考えは、常にメビウスの輪だ。なんていう事を考えて鼻でくすりと笑う私は滑稽だ。分かっちゃいるがどうしようもない。いや、どうしようもないと思いたい。

「リンちゃん」

呼びかけられて下の方を見やると、ランちゃんも下を向いて私を見つめていた。逆向きに寝そべる二人が、じっと見つめ合う。私たちの視線を線として描き、それを天井から捉えたら、私たちはZの形になる。ランちゃんは右手を斜め下に伸ばして手招きをした。ランちゃんの手に触れようと、私も右手を斜め下に伸ばした。私たちの手は触れない。届かないのだ。どんなに力一杯伸ばしてもぎりぎりで届かない。二人揃って、力尽きたようにテーブルに腕を下ろした。届かないね。ランちゃんの声を聞いた瞬間、一粒涙が零れた。横になったまま、私は合掌をして、ニョキニョキとその手を上に伸ばした。横に生える夕ケノコ。横に生えたタケノコ。横に伸びるタケノコ。いつまでも上向けないタケノコ。太陽を拝めないタケノコ。可哀想。可哀想。タケノコ。ニョキ。ニョキ。横に生えたタケノコは、ずっと横に生え続ける。VIP室に響いたランちゃんの笑い声。私はそれに救われたような、侮辱されたような、そんな気がした。侮辱が救いだったと考えても良いのかもしれない。でも私は敢えてそうは言わない。救われたような、侮辱されたような、そんな気がしただけだ。やっぱり素直じゃない？　知った事か。私はもう開き直ってるぜ。一生やさぐれたまま生きていく覚悟は出来てるぜ。

どうせまたミキシングだろどうせまたパソコンだろ、という予想を裏切り、シャアは寝室のベッドに私を寝かせると一緒に横になった。

「ごめんね酔いつぶれて」

「いいよ。俺も悪かったと思う」

「何が嘘が？」

「うん。悪かったと思ってるよ。正直に言うべきだった」

「もう嘘つかない？」

「つかないよ」

「絶対に？」

「それは嘘？」

「嘘じゃないよ」

「好き」

「音楽の事になると他の事が考えられなくなったり、他の事が面倒になるのは俺の欠点だとも思う」

「もっとバランスのいい人になって」

「努力するよ。だからリンも、俺のそういう個性を頭ごなしに否定しないで欲しい」

「個性っていうかオタク性？」

「何度も言うようだけど、真剣に音楽をやっている人に対してオタクっていう言葉はどうかと思う」

「オタクだよシャアはオタクだよオタクオタクオタクオタク」

そう言うとシャアは背を向けた。ねえねえごめん嘘だよシャアオタクじゃないよっていうか私はオタクなシャアが好きなんだから別にオタクでいいじゃんねえシャア、ねえシャアってば。と背中に抱きつくと、寝る、と一言くぐもった声がした。寝る、という言葉を発した時の微かな振動が、背中を通じて私の胸元に届く。寝る。私はシャアのその意思を尊重する。だから、それ以上何かを言ったりちょっかいを出したりはしなかった。ただ、布団の中で足を絡めたら、避けられた。何でどうしてこんなにも愛おしい男！　と、私は付き合ってしまったんだろう。音楽に対する、少年のように純粋な志。音楽の事になると周りが見えなくなって突っ走ってしまう無邪気さ。それでも時折こうして見せてくれる優しさ。こんな男に愛されて、私は何て幸せなんだろう。よくよく考えてみたら、レコード屋に行く、と言わずにバイトの代打、などとカサノブレ常連の私にすぐばれてしまうような嘘を苦し紛れについてしまったシャアというのも可愛らしいではないか。レコード屋に行きたくて行きたくて仕方なくて、でも言ったら止められるかもしれないと思い、バイト、と言ってしまった？　すぐにばれる嘘をつく子供のようではないか。私はそう、母のように大地のように海のように、嘘をついたシャアを寛大に諭してやるべきだった。シャアだって、優しく言えば理解出来るのだから。ああ私に足りないのは母性だ大地だ海だ。広さだ。私の敷地よ拡がれ！　そう、私に必要なのは広大な敷地面積だ！　拡がれ。拡がれ。

私。

「何なんだよ早くしろよまじで腹減ってんだよいい加減にしろよてめえ」

「先食べてて良かったのに」

「えー？　意味わかんねえよおいおい一緒に飯食うっつーから待ってたんだろーがこっちはよ。こっちはよーさっきからずっと待ってんだよ。もう腹減ってフォークとナイフがちがちさせてんだよ」

「分かってるよ。だから今から帰るからちょっと待っててってば」

「遅刻、てか？　毎日毎日デートにも連れてかねーで毎日毎日ミキシングで、お前自分が遅刻とか出来る身分だと思ってんのかてめえ。毎日毎日私の相手して私をビーチリゾートに連れてって初めて出来るんだぞ遅刻っていうのは」

「遅刻って、待ち合わせしてたわけじゃないし、家で待ってたんだから、待ちながら何かしてれば良かったじゃない。ていうか、ずっと何もせずに待ってたわけじゃないでしょ？　仕方ないじゃない。バイトが延びたんだから」

「おいおい逆ギレか？　お前の常套手段だな逆ギレは。つーか早くしろよまじでー」

狭い。狭すぎる。私狭い。もちろん自覚している。拡がれば何の問題もないというのに、私は拡がる事が出来ない。急いで帰るから、というシャアの言葉の途中で電話を切ると、携帯をソファに投げつける。十二時上がりだから一緒に食事行こう、と久々にデート的な雰囲気を仄めかしておいて、十二時を過ぎても連絡一本入れず、こっちが電話をしても出ず、二時間もほったらかしにしておいてその挙げ句やっと電話をかけてきたと思ったら「バイトが延びた」という萎びた言い訳で片付けようとしやがった。怒るに決まってるじゃないか。カサノブレに迎えに行こうかとも思ったけれど、もしシャアが帰っている途中ですれ違いになったら困るし、とうずうずしながら待っていた私の二時間を返せ！　私がそう思うのも当然だ。私は何も間違っていない。今度こそ私は何一つ間違っていない。私は怒るべきだ。怒って怒って責任追及すべきだ！　待ってろシャア！

「ただいま」

シャアのその一言を聞いた瞬間脱力して胸元に抱きついてしまう私の弱さよ永遠に。何でこんなに可愛らしくて愛おしいシャアを一度でも憎いなどと思ってしまったのだろう。可哀想じゃないか、彼女とデートの約束をしているというのに、バイトが延びてしまい、仕方なくDJをやっていただなんて。シャアだって辛かったはずだ。私の事を思い、何度も何度も電話をかけようとしていたに違いない。でもＤＪで手一杯で電話も出来ず、上がってすぐに謝ろうと電話をかけてくれたに違いない。ああありがとう可哀想に私のにゃんこ。

「にゃんこちゃん好き」

「にゃんこちゃんって言うの止めてよ」

「にゃんこちゃんがんばったんだねお仕事」

「がんばったよ。悪かったよ、連絡出来なかったのは」

「ううんいいの。でも何で急に延びたの？　誰か休み？」

「ヤスくんが風邪で休みだった」

「カズに代わってもらえば良かったのに」

「カズくんは、これから飲みだって言ってたから」

「シャアだってこれから彼女とデートだから、って言えば良かったのに」

「店長に頼まれて、仕方なかったんだよ」

「ていうかじゃあローマンが回せば良かったのに」

「店長はカウンター入ってたんだよ。十二時過ぎた辺りからお客さん多くなって、大変だったんだよ本当に」

ぞ。と一言で片付ける。言っている内に、段々自分が苛立っていくのを感じていた。責めている内に怒りや憤りを増長させてしまうのは、私の良くない癖だ。自滅のようなものだ。何？　これ。シャアの取り出したコンビニ袋を見て言うと、間食だよ、と言われて首を傾げる。

「ご飯食べに行くまでの間と、注文した料理が出てくるまでの間の」

「私の？」

「お腹空いたままで歩くの辛いだろうと思って」

シャアが差し出したチョコレートを見てわっと泣いてしまう。

「ごめんねシャア私シャアの事口汚く責めちゃったね。シャアはいつも私の事考えてくれてるのに何であんな素直じゃない事言っちゃうんだろうどうしてだろ。ほんと何でだろ？ねえ何でだろ？　ほんとにごめんねシャアが好きなんだよ本当は優しいシャアが本当は大好きなんだよ。ねえねえシャア、好きなんだよ？」

「うん。知ってる。それ少し食べたら行こう」

チョコレートを二粒食べると、私たちはイタリアンレストランに向かった。シャアの出勤にでもなく、レコード屋にでもなく、二人で食事に向かっているのが嬉しくて仕方なかった。喉の辺りに残ったチョコレートの甘みすら、私を微笑ませる。シャアの手を握ると、だから手を繋ぐと俺が格好悪く見えるから止めてってば、と拒否されてまた一悶着起こりそうになったけれど、腕を組むんだったらいい、と言われて喜んで腕を組んだ。シャアの愛と優しさに包まれて、私は幸せだ。右肘の辺りに感じるシャアの温かさがしんと伝わる残暑の夜に、未来を見たような気がした。

トマトクリームのパスタ。チーズ。ベーコンのサラダ。そして何よりもカキのムニエル。美味しい料理と久々の外食に思い切りはしゃいで、え、もう食べないの？　を連発してがつがつと食事を終えた。トマトクリームのパスタに入っているイカが恐い、カキは魚介類の中で一番恐い、と言ってほとんどサラダしか食べなかったシャアには申し訳ない事をした。シャアが魚介類が苦手な事をすっかり失念して自分の食べたいものだけを注文してしまっていたのだ。何か追加する？　と聞いたけれどあんまり食欲がないからいい、と手を振られた。帰ったら冷凍してある餃子焼いてあげるよ、と言ったけれど、帰宅してもシャアは調子が悪そうで餃子も食べずセックスもせずさっさと寝てしまった。私はまだ少しも眠くなく、リビングでぼんやりしながら今日一日を振り返った。振り返る、つまり反省だ。

私は、今日たとえ一瞬であれ心の狭い女に成り下がってしまった事を反省しなければならない。

まず、我を忘れるのは良くない。私は基本的に我を忘れがちだ。そう。私はシャアと関わっているのだから、別種の生き物であるシャアを知らなくてはならない。シャアは基本的に我を忘れない。だからこそ、私も我を忘れない生き物になるべきだ。つまり、シャアになるべきだ? いやいや、それはない。それはないが、シャア的になるべきだ。つまり、私らしさを捨てるべきだ。私らしさを捨てる? それは嫌だ。私は永遠に私でいたい。じゃあどうすれば? そうだ。我を忘れない私、という新たな私像を作り上げれば良いのだ。はっ。簡単な事じゃないか。と考えながらシャアのデスク上にあるペットボトルを見つめ続ける。

まず、取り乱さない。少なくともシャアの前では。シャアは取り乱している女の相手が出来るほど器用な男ではない。シャアは取り乱している女を見ている内に自分まで取り乱してしまうのを恐れ、目を逸らす。そう。取り乱したり、怒ったり、わめいたり、シャアはそういう事をしない。だからこそ、私もシャアと同じスタンスでコミュニケーションを図るべきだ。そう考えながらペットボトルを見つめ続ける。……何故シャアはペットボトルを捨てないのだろう。もう、四本も溜まっている。作業をするにも邪魔だろうに。何故捨てないのだろう。面倒なのだろうか。それとも作業をしている時は目に入らないだけなのだろうか。じっと見つめている内に、私とペットボトルの間に何か深い繋がりのようなものが芽生えていくような気がして、慌てて目を逸らす。いけない。何かに集中してしまうと、そこに何か意味を見出そうとしてしまうのも私の悪い癖だ。私とペットボトルには何の関係もない。ただ私が、何となく気になってじっと見つめていただけだ。だって、私とペットボトルには何の接点もない。私たちは見つめ合っているわけじゃない。それなのに何でだろうペットボトルが気になる。ううん違う。私たちは見つめ合っているわけじゃない。私がただ見ているだけだ。私たち？　違う、ペットボトルと私は一緒くたに出来ない。私とペットボトル、だ。飲み慣れていないワインを飲んだせいだろうか。私はペットボトルに惹かれてしまっていた。後になって冷静に考えたら、今の自分がどれだけ珍妙な事を考えていたのか分かるだろう。そう思いながら、寝室に向かった。

今日も朝からミキシング。五時になったらカサノブレ。のシャアを見送りながら、やっぱ私カサノブレ行こうかなー、と甘ったるい声で言ったものの、友達と遊ぶのも良い息抜きになるよ、というシャアの言葉で却下された。何だ良い息抜きって。全く、シャアは私の事を心を病んだ女だとでも思っているのだろうか。今日はカズの友達のイベントがある。別に関係はないけれど、カナに話したら乗り気だったため二人で向かう事になっていた。大体カズも来ないのに、何で見ず知らずのカズの友達のイベントに行くだなんて言ってしまったんだろう。私バカか？　それから、ペットボトルに惹かれていた私もやっぱり珍妙だった！

ピンポーン、という音に振り返る。シャアが忘れ物でもしたんだろうか。と胸の高鳴りを抑えて玄関に出ると、覗き穴からカズの姿を発見する。ドアを開けると遠慮なく玄関先に上がり込むカズに、露骨に嫌な顔をしてみせた。

「うぃーす」

「なに？」

「俺今日カサノブレ休む事にしたから、一緒に行こうぜー」

「まだ支度出来てないから先行ってて」

「えー？　待ってるから一緒行こうぜ」

「あんた家に上げるなんてヤッてくれって言うようなもんじゃん」

「お前ほんとシャアと付き合ってから変わったよなー。前は優しかったのになー」

カズの表情に性欲が浮かび上がる。全く、猿のような奴だ。シャアと付き合っている私がお前とヤると思ってんのかこの野郎。遠い昔お前とヤッてやってたのはカサノブレをドアフリーにしてもらうためであって決してお前とヤりたいとか思っていたわけじゃないんだからな！　私もヤりたいと思っていたと思い込みたい気持ちは分かるけれどそう思った瞬間お前には死が訪れるだろう！　バカ者め。

「そういや、俺昨日シャアと飲み行ったんだよ。あ、シャアから聞いてる？」

「聞いてない」

「あー、何かたまには飲みとか行こうぜーって事になって、サブってバーあるじゃん？あそこ行ったのね。したらユウナたちがいたから一緒に飲んでたんだけど、悪い事しちゃったなーって思って。ほら、シャアってノリ悪いからさ。何かこっちだけで盛り上がっちゃって」

「そうなんだ。何か帰り遅かったからどっか行って来たのかなーって思ってたんだけど」

「ま、結局最後までいつものあのテンションで、シャアだけ先帰ったけどね」

ま、飲んでも面白くない奴だよねー、と言いながら微笑む。微笑む私に蛆が湧く蛆が湧

く蛆が湧いていく。突然の繁殖に破裂してしまいそうな私の体。私に応えるように笑い、おっと、と言いながらポケットに手を伸ばすカズ。お、シャアだ、という言葉に反応して顔を上げた瞬間カズが携帯を耳に当てた。

「おー、シャア？　ああ、俺今日休む事にしたから。代わりにヤス行かせるから大丈夫、まだ来てない？　そろそろ着くんじゃねえ？　つーか俺今リンの事迎えに来てんの。え？　別に上がり込んでレイプしようとか思ってないから安心しろって。あ？　何？」

そこにいるの？　というシャアの声が携帯越しに聞こえる。そこにいる、その主語は「リン」だったのだろうか。リンはそこにいるの？　そう聞いたのだろうか。カズの目を観察している内に分かってくる。シャアがその電話でカズに何を伝えようとしているのかが。シャアの声がまた微かに聞こえるが、何を言っているかは分からない。突然気まずそうな表情を浮かべてちらと私を見やり、ちょっと待ってて、という仕草をしてドアを出て行くカズを見送り、その場に立ちつくしながら思う。もう駄目かもしれない。私はもう駄目かもしれない。と。

「もう言っちゃったけど」

ドア越しにカズの声が聞こえて、私は終わった。駄目になった。あ、今私駄目になりました。今駄目になったので、これからは駄目な私として生きていきたいと思います。皆さんどうぞよろしくお願いします。私、初の駄目当選狙ってます。皆さんのご支持、清き一票を私に。駄目な私に。駄目になった私に……。

私はこれから駄目を極めるだろう。これからは駄目だけを求め続けるだろう。駄目。それは愚かかもしれない。でも、その愚かはきっと美しい。美しいという思い込みかもしれないが、いや、もう思い込みだと認めよう。それは私の思い込みだ。しかし私の思い込みを邪魔するな。駄目な人間は思い込むものだ。思い込むから、駄目なのだ。そして思い込みが強くなっていくにつれて、更に駄目になっていく。駄目とはそういう生き物だ。目に涙を溜めながら胸元に手を差し入れ、胸の肉を寄せた。Vネックのリブトップの胸元には私の谷間。駄目な人間は谷間を作るものだ。谷間を作るのに精一杯になるものだ。ぐいっ、ぐいっ、ともう一度寄せる。私の谷間は美しい。背中の肉も、アンダーバストの肉も、寄せる。胸元に豊満な肉が寄り集まり、私の素敵な谷間が出来上がる。私の谷間、皆がそこに埋もれればいい。皆が私の谷間を賛美すればいい。他の所はどうでもいい。私の顔とか髪とか足とか腕とか精神とか心とか魂とか、そんなものの尊重は望んでいない。だけど私の谷間だけは、絶対に軽蔑しないで侮辱しないで絶対に。そう。駄目な人間は谷間を重視するものだ。そうきっと、誰も私の谷間を笑わない。だから私は谷間を作る。もしも人が笑ったら？　そうしたら私は笑い返す。若い女が笑えばただの嫉妬、と笑い返す。年増の女が笑えば強い嫉妬、と笑い返す。若い男が笑えば勃起してるくせに、と笑い返す。年増の男が笑えば舐めたいくせに、と笑い返す。駄目な人間がどうして谷間を作るかって？　誰も自分の谷間だけは笑わないからだ。そして、笑われたとしても笑い返せるからだ。こういう、谷間の持つ暴力的な力を、欲しているから作るのだ。私は谷間を尊敬する。例えば私の顔がブスだと言われたら私はムカつく。精神性が幼いと言われても、髪型がおかしいと言われても、二の腕が太いと言われても、私はムカつく。でも、谷間だけは誰に何と言われようが自信を持って言える。「私の谷間に文句でも？」と。だから私は、谷間を作る。

電話を終えて戻ってきたカズは、玄関に立ちつくしている私を見て怯んだような顔をした。

「シャアがさ、俺と同じ時間に入りだったのに来てないから、心配して電話してきてさ」

谷間を強調する。知っている。カズは決して谷間をバカにしない。私はこの男の、そういう所が好きだ。私バカだけど谷間重視するバカだけど、それでもいいですか。謙虚な気持ちになってみる。

「何だよそういう色っぽい目ぇすんなよ勃起するぜ俺」

谷間を強調する。絶対に、この男は私の谷間をバカにしない。笑わない。カズはバカだから。でも私もっとバカだけど。

「おいおいまじで襲うぜ。お前何なんだよ急に」

谷間を強調する。次の瞬間胸元がひんやりとする。リブトップの胸元からカズの手が入ってくる。ああ良かった。谷間があって良かった。私は一人じゃない。どんなに私がバカで駄目でも、私の谷間は私を裏切らない。

私は皆に疎外される。隔離される。バカにされる。笑われる。皆が私を笑う。知っている。皆が陰で私の事を笑っている。誰も私の事なんて考えてもくれない。そういう私だ。皆が私を流刑にする。私を流す。孤島に追いやる。そして皆本島から私を笑う。指を差して、私を笑う。いつも。いつも。いつだって笑う。私はいつも笑われる。私はただ一人で孤島で裸で、いつも恥ずかしい思いをする。でも私はカズをこっちに引きずり込む事が出来た。皆が私を笑っていても、皆が私をバカにしていても、セックスをしている間は皆の事を考えなくて済む。セックスの事だけを、考えていられる。だから私は谷間を、そしてそこから始まるセックスを第一に望む。

「シャア、昨日飲みに行った事お前に内緒にしてくれだって」

「知ってるよ」

「聞こえてた？」

「うん」

「俺が言わないと思ったのかな」

「バカだね」

「バカだよな」

そして力なくではあるけれど、孤島からシャアを笑う事が出来る。カズの頬に私の唇が擦れてピンク色の筋が出来る。首筋にもどこにもかしこにも。

立ったまま入れようとするカズに抱きつくと、懐かしい感触が蘇った。シャアと付き合ってから誰ともヤッていなかったからだろうか。いつもと違う大きさと形に、私のマンコは泣いた。この異物感に泣いているのだろうか。シャア以外の男のチンコが入った事を、悲しんでいるのだろうか。滴る涙が太ももを伝って、足首に届いた頃、カズは私をフローリングに押し倒した。骨盤がフローリングに擦れ、ごりごりと音がする。それに合わせてぐちゃぐちゃと音がたつたび、涙が溢れていく。悲しいよ悲しいよ悲しいよ辛いよねえ辛いよどうして私こんな男に刺されなきゃいけないのどうして？　ねえどうして私を使ってこんなひどい事するの！　マンコがわめく。マンコが泣いて許しを乞う。お願いだからもう止めてって言って。お願いだからもう抜いてって言って。ねえだって、このままじゃこの男イッちゃう。私でイッちゃう。お願いだからお願いだから、ねえお願いだから中出しだけは止めてって言って。お願いだよねえどうしても嫌なのこんな男の精子なんて出されたくない。私は神聖な場所だよ。シャアのための、神聖な場所だよ。ねえ止めて。止めてって言って。

「黙れ」

喘ぎ声に混じった命令は、カズを少しだけ不思議そうな表情へ誘ったけれど、カズの動きを止めはしなかった。うるせえうるせえマンコのくせに。泣いてんじゃねえ。私に指図してんじゃねえ。死ね。死ね。口うるさいマンコなんて死んじゃえ。モラルとか言うのか。愛がとか言うのか。貞操とか言うのか。ばっかじゃねえ？　何だそれ。マンコが貞操とか言うのって、本末転倒っつーか何つーか、何かおかしくね？　大体お前マンコの分際でよく私に意見とか出来るよな。ほんと、よく出来たマンコだよ。でもお前は分をわきまえた方がいい。そんな事言ってると、私色んな男とヤリまくるよ。おやじとか、ハゲとか、何かすげー形したチンコの奴とかと。いいの？　つーかあんたたかがマンコでしょ？　谷間の方がまだ権力持ってるぜ。この男もさ、別にあんたの事見て欲情して突っ込んでるわけじゃないんだよ。まず最初に顔とか、谷間とか、そういうのがあるわけよ。あんたが単品でポンと置かれててもさ、別にそこに突っ込もうとか、思わないわけよ。ああ言い過ぎだね。きっと突っ込む奴もいると思うよ。まあダッチワイフと同じ意味でね。舐めたりする奴もいると思うよ。でもさ、まず最初に喚起させてるのは谷間とか、私の顔とか、声とか、だったりするわけよ。実際のとこ、男とヤる時にあんたはそんなに重要じゃないわけ。まあなかったらなかったで大変だけどさ。それは確かに認めざるを得ないけどさ。あんたはただ黙って受け入れてればいいんだよ。何なんだよ。お前いい加減にしろよ何で泣いてんだよ。そんなに嫌なのかよ。私の言う事聞けないのかよ。

「違うよ私が嫌なんじゃないのあんたが嫌がってるから私も嫌なんだよ」

は？　何？　あんたマンコのくせに何喋ってんの？　ちょっと意味分かんないし。あんたマンコの分際で喋るとかいってあり得ないから。ちょっと自信過剰じゃない？　しかも私別に嫌がってないし。いやいや、まじで。確かにシャアの事好きだし、これからもずっと? 一緒に? ああいたいよ。いたいさ。ずっとシャアと一緒にいたいよ。でもさ、私が生き残っていくためにはまずこの男とヤる事が必要なわけであって、そのためにあんたの事使ってるって、それだけの事だよ。別に嫌がってたらヤらないし。だからさ、あんた自信過剰なんだよ。愛だの貞操だの何だのってロマンチックな事言ってさ、そういう事言ってる自分に酔ってるだけでしょ? マンコのくせにロマンチックな事言って酔ってんじゃねえよ。お前自分の顔鏡で見た事あんのか? すげー顔してるぞ。なまはげみたいな顔してるぞ。お前があんまり醜いから仕方なくパイパンにして、まだ見れる顔にしてやったつもりだったけどそれでもまだ見れた顔じゃないぜ。醜いぜ。醜いものに力はない。お前は力も自由もない、下等生物だ。つまり、私は上等だ!

「何言ってるの嫌なくせに。本当はこんな事したくないくせに」

おいおい。私まじでマンコとの対話とか望んでないし。黙ってくんない? だから嫌じゃねえって言ってるし。嫌ならこの男の腹とか蹴ってどかしてるし。殴ったりして追い返してるし。だから嫌じゃねえんだって、何度言えば分かんだよいい加減にしろよ。ううんいや違うよ違うよ私嫌だよ本当は嫌だよマンコの言う事が全て正しいよ私多分この男とヤるべきじゃないよ。だって私したくないんだもん。本当はしたくないもん。シャア以外の男となんて絶対にしたくないもん。でもしなきゃいけないんだもん、生き残るためにしなきゃいけないんだもん。仕方ないじゃんシャアと付き合っていくためにも必要なんだよ。だってこうしなきゃ私死んじゃうもん。このままじゃ孤島で一人きりで死んでいっちゃうだけだもん。どうにか生きようって、生きようって、してるだけだもん。シャアの事好きだから、だから前向きにヤッてるだけだもん。我慢してんだよ私だって。だからお前だって我慢してくれよ。ねえいいじゃん我慢してよ。このくらい我慢してよお願いだよねえマンコ。ねえマンコ。マンコったら。

「可哀想」

お前てめえマンコのくせに人の事可哀想とか抜かしてんじゃねえぞこの野郎！　と思った瞬間カズがお腹に放出した。今この瞬間シャアが帰って来てドアを開けたらどういう事になるんだろう。そう考えたけれど、シャアは絶対に帰ってこない。私は知っている。シャアの優先順位を、私は知っている。音楽が第一だ。仕事が第二だ。私は二の次三の次だ。でも、カズや他の女の子たちとの飲みの次にされるとは、思ってなかった。

「帰れ。それから、絶対にシャアに言うなよ」

カズはフローリングに座り込んだまま、私を見上げた。憂いと憎しみ。でも一番に浮かんでいたのは魂の抜けたような微笑み、つまり恍惚。だった。誰でもそうだ。エクスタシーを感じると人は自分から飛び出す。そう。私も飛び出したかった。自分のこの、全身を覆う皮から飛び出したかった。こんな自分から飛び出したかった。それも、カズとヤッた理由の一つだ。しかし私はエクスタシーを感じられなかった。自分から飛び出せなかった。出たかった。一瞬でもいいから、こんな皮から飛び出したかった。魂だけでもいいから、私から飛び出したかった。私から、解放されたかった。

ただいま。いつもと同じ帰宅時間。シャアは帰って来た。怯えている。怯えた目で私の様子を窺っている。

「おかえり」

しかしどちらも切り出さない。シャアは怯えた瞳のまま、ずっとほったらかしにされた犬のように私を見つめる。ソファに腰掛けたシャア。その手にはコンビニの袋が握られていて、その中に入っているのはシャアを見送る時、絶対に買って来てね忘れたら私死んじゃうからね、と頼んだチョコミントのアイスクリームだと分かる。

「カズくん、来たんだってね」

「来たよ。結局私イベント行かなかったから、一人で向かったけど」

「ごめん」

「何が?」

何でだろう。私はこの時初めてシャアのごめんという言葉を聞いた気がした。謝られた事は何度もあるはずなのに何で初めてなのだろう、と考えてすぐに気付く。いつもは悪かった、と言っていたのだ。項垂れて謝るシャアの姿。を見る私。しんとするマンコ。さっきまでずっと、シャアが好きだ愛してるずっと一緒にいたい早くシャアに突っ込んでもらいたい早くあの汚い男にヤられた私を浄化してもらいたい。とわめいていたというのに、今ではもう押し黙ってしまい、口を開く気配もない。どうしたのマンコ。ねえ私のマンコ。どうしたの?

「悪気があったわけじゃないんだよ」

「何に?」

「嘘をついた事に」

「分かってる」

分かってる? 何が? 悪気があったわけじゃないという事が、分かってる? いいや分かってない。私は分かってない。私はそれほど話の分かる女じゃない。バカだし、駄目だし、マンコと会話する女だ。

「ごめん」

「何が？」

しんとする。マンコだけじゃなく、シャアも私も、しんとする。ねえマンコー、どうしちゃったのさー。さっきまであんなに話してたじゃん。ねえねえあんなに話し合ってたじゃん。シャアへの愛の大きさについてとか、シャアが好きでしょうがないとか、シャアが好きすぎて困っちゃうとか、話し合ってたじゃん。やっと大好きなシャアが現れたのに何でそんな押し黙っちゃうわけ？　何？　恥ずかしいの？　赤くなってるの？　やめなよ。あんた赤くなってると欲情してるって思われるぜ。

「でも言ったらリンは怒ってたよね？　嘘ついた俺の気持ちも分かるよね？　大体、悪い事はしてないよね？　嘘は悪かったよ。でも、嘘つかなきゃリンは怒ってた」

シャアの不安そうな瞳が揺れる。吸っている煙草を投げようかと思う。けれどしない。私は理性のある女だ。カズとヤる事によって、泣いたり怒鳴ったり叫んだり死んだりしないように、バランスを取る事だって出来た。それもこれもシャアのためだ。シャアが好きだからだ。シャアが取り乱す女が嫌いだと知っているから、自分でバランスを計算し、ヤッたのだ。私は偉い。なあ偉いだろ？　マンコ。私は偉いよね？　マンコ。あんたも偉いよ。私の言う事を聞いてくれた。私のバランスのために、ヤリたくない男とヤッてくれた。私もあんたも、偉いよ。あんた偉いよ。そんでエロいよ。どうして黙ってんの？　冗談言ったんだから笑ってよ。マンコにギャグセンスはないの？　そういうの、関係ないの？　何？　あんたどうしたの？　何で黙ってんの？

「ねえリン。ごめん」

リビングの入り口にあるゴミ箱をずるずると引きずって行くと、シャアのパソコンデスクの前で立ち止まる。どうしたの？　と言うシャアに振り返り、シャアを見つめながらペットボトルを一本ゴミ箱に捨てた。シャアの瞳に熱が籠もる。唐突に、不安が苛立ちに変わっていくのが分かる。二本目をゴミ箱に捨てた。シャアの唇は真一文字に固く閉じられている。三本目をゴミ箱に捨てた。シャアは喋らない動かないただじっと私を見てる。四本目をゴミ箱に捨てた。シャアは怒らない。

捨てたペットボトルが、ゴミ箱の中で飲み残しのお茶をどくどくと吐き出しているのが見える。台所に行くと、餃子皿を持ってデスクの前に戻った。シャアはじっと私を見ている。何も言わない。皿を胸元まで持ち上げる。シャアは見ているだけだ。手に衝撃が走る。がしゃんという音がして、デスクトップが割れる。手の平でデスクトップを示し、首を傾げても、シャアは何も言わずに私を見つめる。ドライブを引き出すと、ごちゃごちゃとしたコードがずるりと出てくる。コードをぶちぶちと抜いて胸の辺りまで持ち上げる。シャアは見ている黙っている怒らない。振り上げて下ろすとドライブはフローリングの床にぶつかる。鈍い音がしても、プラスチックが割れて散らばっても、シャアは黙って私を睨み付ける。睨み付ける。アイスクリームは、きっともう溶けている。ねえマンコどうしたの。ねえどこにいるの？　ねえ。死んじゃったの？　ねえあんた、死んじゃったの？

ぐるぐる巻きのアップヘアにでかいサングラス。背中開きキャミソールにホットパンツに網タイツ。ぐっと寄せられた谷間に勇ましいマンコ。カスタマイズされた私は、永遠に踊り続けるだろうそして不滅だ。今日もイベント明日はパーティー明後日は飲み会。新宿のビル風に、私の体が晒される。

イベントの約束を電話で断ると、カナにバカと言われた。そんな事別にどうでもいい。イベントに行く途中、道ばたで犬のウンコを見つけたその瞬間イベントに行く気分じゃなくなった。それだけの事だ。いや、分からない。私はもしかしたら、最初からイベントに行く気などなかったのかもしれない。ウンコのせいにしているだけなのかもしれない。とにかくやる気が出ず、何をする事も不可能に思えた。きっとここしばらくイベントばかりで、寝不足がたたったのだろう。少し寝ようかと思い、カラオケボックスのビョッコに入ると、見慣れないノートが目に入る。あ、これは。そう思って手に取るとやはり思った通り表紙に「感想ノート」と書かれていた。安ラブホテルみたいな事して、こんな物で集客できると思っているのだろうか。店長にもっと店が繁盛する経営の仕方を教えてやろうか。そう思いながらぺらぺらめくると、既にぽつぽつと感想が書かれていた。「ジントニックがまずかった」だの「また友達と来るね」だの、とりとめもないものばかりで、苛立たしい。下らない。下らない。つまらない。何もかもが下らなくてつまらなくてしょうがない。何だこれ。この下らなくてつまらないのが私の人生か。苦笑すらこぼれないほど憔悴した私の頬に涙が流れた。何だよ。何が悲しいんだよ。悲しい事もないくせに泣いてんじゃねえ。

私は何も悲しくない。シャアと別れた事も別に悲しくないし、もうどうでもいい事だ。今の私には何の感情もない。それなのに何故涙が流れるのか。全く狂人じみている。何で悲しいんだ何で泣いてるんだ私。何が欲しくて何がいらなくて何がしたくて何がしたくなくて、何なんだ私。どうしようもなくて、ノートを一枚めくり、真っ白なページの一番上に書く。「吐糞パニック」。何だそれ意味わかんねえ。そうやって笑おうとしている自分がいたけれど、笑えなかった。とにかくどうしようもないほど必死になって、私は真っ白な紙に向かっていた。

気が付くと、世界が発狂していた。もしかしたら、私が発狂してしまったのだろうか。いや違う。私はこんなにも冷静だ。いつもの事ではあるものの、世界の変化の激しさには呆れてしまう。少なくとも昨日の夜私が眠りにつくまでは、世界は正気だったというのに。狂った新世界でも、新宿は新宿だった。スカウト通りに立ちはだかるスカウトたちにも、今までとそう大した違いはない。それでも私には分かる。今までとは勝手が違う。ここは今まで私が見ていた世界ではない。今歩いている道が次の瞬間トランポリンになる可能性を深く疑いながら、私は慎重に歩みを進めていた。

大通りの信号が青になった瞬間足を踏み出しかけ、また慎重になる。もしも、世界のではなく、私のプログラムが狂っているのだとしたら、この、信号が青だと認識している脳みそを信じるのは危ないかもしれない。駆けっこのスタート待ちの姿勢で、周りを確認する。他の人間たちが歩き出しているのを見て駆けっこをスタートさせるものの、でももしかしたら周りの人間たちは人間の皮を被ったエイリアンで車に轢かれても大丈夫な体なのかもしれないと不安になり、足がもつれる。停まっている車たちが走り出さないか、じろじろと左右を見つめながら、私は何とか横断歩道を渡りきった。ビービービビッビー、ビービービビッビー、ピューピューピュピュピュッピュー、ピューピューピュピュピュッピュー、妙な音楽が耳に入ってびくりとする。どうやら隣の通りから聞こえているようで、慌ててそちらの通りまで駆けつけると、信じられない光景が目に入った。目を見張った。私が昨日まで見てきた世界の感覚で言うと、リオのカーニバルなるものが歌舞伎町で開催されているのだ。サンバを踊っている褐色の肌をした女性たち。太鼓や笛のようなもので音楽を奏でている褐色の肌をした男性たち。ビービービビッビー、ビービービビッビー、皆が元気よく踊っている。女性たちはまるで露出狂のようだ。通行人はどうかと言うと、にこにこしたり、驚いたり、あーだこーだと指さしながら一緒に居る人と話をしたり、一緒に踊ったりしている。昨日までの私だったら、一体どうしていただろう。正常な状態であれば、唾を吐き捨てただろうし、酔っていたとしたら、その場で黄金の眩しさにゲロを吐いていただろう。そのどちらも実行している人間がいない、という事は、やはりこの世界は私がかつて見ていた世界ではない。やはりここは狂った、狂界に違いない。褐色の肌をした女たちの間に体をねじ込むと、くねくねねっ、と腰を振った。くねくねねっ。くねくねねっ。くねくねねっ。サンバのリズムはすぐに体に染み込む。私は、リオという世界に住んだ方が良いのかもしれない。トゥルルルルッハッハーイ。イヤーハハーハッ。とかけ声をかけると、周りのダンサーも盛り上がる。ピューイ、ハハーハハッハーッハーイ、太い声を上げると、ダンサーは更に盛り上がる。どこかの糸が切れて一瞬にして体中がばらばらになってしまいそうな感覚の中、限界まで腰を捻り、くねらせる。くねくねくねくねくねくねくねくね。音楽が過熱していくにつれ、腰の動きも更に速くなる。ああもう腰が。私の腰が……。そして腰以外の所までがくがくし始めた頃、音楽がフィナーレを迎える。ダダンダダンッダンッ。音楽が鳴りやんだ瞬間、決めポーズの私に向けて飛び交う、人々の賞賛の嵐。

ダームッダームッダームッ、ズンドンズチャッチャッ。賞賛に混じって再び音楽が始まる。ああもうどうすればいいのだ腰が動かない。この場にへたり込んでしまいそうだ、と腰の痛みに顔をしかめて困っていると、隣にいたダンサーが私の手を取った。くねくねと体をくねらせ、まるで私にダンスを教えているかのようである。負けじと体中をくねらせると、ヒッヒャーイ、と女性が雄叫びを上げ、私と向き合いながらがに股でくねくねした。私もがに股でくねくねした。次に、後ろを向いて違う女性と向き合いながらくねくねした。ダンダンダンダダッダーンくねくねくねくね、ダンダンダンダダッダーンくねくねくねくね、ダンダンダダッダーンくねくねくねくねくね。全てのダンサーと向き合って一通りくねくねすると、私は列を抜け出し、くねくねしながら走った。皆が私を妙な目で見つめる。おかしい。以前はちょっとやそっとくねくねしただけではこんなに注目されなかったはずだ。やはり狂った世界に生きる者は皆狂っているのか、と思った瞬間、さっき踊っている最中にダンサーの一人が差してくれた五十センチほどの黄金の羽根がアップの巻き毛の頭上で揺れているのに気付き、恥ずかしさの余り立ち止まってしまった。くねくねするのも止めた。

黄金の羽根を持ったまま、とぼとぼとカサノブレに向かった。チャッチャラ、チャチャチャッ、チャッチャッ、というマンボに反応して、地下への階段を駆け下りる。ドアマンに会釈をされ、ドアを開けてもらった瞬間チャチャチャチャチャッチャッチャッ、という音が聞こえた。狂った世界にも、テキーラパーティーはあった。

「テキーラァッ、ハッハアー」

　皆と声を合わせ、すぐに参戦を申し込んだ私は既にファイター。殺し屋の目で、テキーラパーティーこと勝ち抜きテキーラ一気飲み大会に挑んでいく。もう誰も私に近寄れない。華麗な戦いぶりで三人の男と一人の女を蹴散らし、あっという間に決勝戦に上り詰めた。もう何杯テキーラを飲んだか分からない。決勝戦の相手はさっきまでカウンターに入っていたバーテンで、何でバーテンが参戦しているのだと突っかかりたい気持ちもあったけれど、私はまず最初にくねくねして敵を挑発しながら握手をした。チャッチャラ、チャチャッ、チャッチャッ、テーブルに置かれたショットグラスを持ち上げた。チャッチャラ、チャチャッチャッ、チャッ、口元でグラスをゆらゆらとさせた。チャチャチャチャチャチャッチャッチャッ、ぐっと一息で飲み込む。飲み干したショットグラスをブースの角の方に投げつけると、がちゃん、とガラスが飛び散った。テキーラアァーッ、ハッハーイヤーゥッ、天井に向かってくねくねしながら怒鳴った。しかし隣を見ると敵もまだ元気にくねくねしている。観客も皆くねくねしながら私たちの戦いを見つめている。さっきまで私と戦っていた女が、持っているグラスにウンコのようなゲロを吐いているのが見えた。赤色のカクテルが入っていたそのグラスは一気に黄土色に変わり、女は倒れ込む。しかし彼女が倒れている間にも戦いは始まっている。再びテキーラの注がれたグラスを持つと、グラスを高く掲げ、フロアーをぐるりと見回す。ごくっ。一口で飲み込んだ。胃が焼けるっ、焼けるっ、と悲鳴を上げる。敵の後ろの辺りにショットグラスを投げつけると、がちゃん、と再び粉々に割れた。テキーラアーイヤーッハッハーーイ。くねくねくねくね。敵もまだくねくねしている。何でこいつはグラスを割らないのだろう。バーテンだからだろうか。と考えていると、さっきの女の吐いたゲロまたはウンコのものらしき匂いが鼻についた。続けて三杯テキーラを飲み干すと、バーテンこと最終ボスは倒れた。勝った、勝った！　私が勝った！　叫ぶと、フロアーが同調するように盛り上がった。ヒャッヒャーイ、ヒューイッ、ヒャッホーイ、ブースに向かう途中、ミュールがぱちぱちという音をたてる。私はさっき粉々にしたガラスを踏みつけているらしい。ブースに入るとマイクを摑んだ。ちゃらいDJが迷惑そうにこちらを見つめている。ブースから身を乗り出し、「私は神だ！」そう叫ぶと、皆がイェーイ、と返した。一瞬怯んだが、大きく息を吸い込み、そのまま息を止めた。BGMは既に、マンボから「ザッツダウェイアハアハ」に切り替わっている。最高の気分だったけれど、その辺りからの記憶はない。

気付くと私はボックス席に寝かされていて、もう音楽も人の声も聞こえなかった。霞んだ視界に手をかざすと、その手が発光しているように見えた。でもそれは、発光しているように見えたという事でしかない。何故ＶＩＰ室に寝かせてくれなかったのかと、閑散としているフロアーを見回しながらＶＩＰ室に向かい、ドアを開きかけると、あの最終ボスのバーテンがあのウンコを吐いた女とヤッていた。ドアを閉め、店を出ようと入り口に向かい、一度振り返る。私は神だ！　ブースの中でそう叫んでいる女が目に入った瞬間、幽体離脱し彼女に乗り移る。私は、興奮と感動に肩を震わせていた。バッグを持って立ち上がると、ソファとテーブルの間をすり抜ける。転がっていたマイクが足にぶつかったけれど、気にも留めず、私はドアを押し開けた。

16th summer

自分が留年への一途を辿っている事に気が付いたのは、高校に入学して三ヶ月が経った頃の事だった。小学、中学、と何年も登校を拒否していたため、きちんとした評価の書いてある成績表をもらうのは数年ぶりだったというのに、そこには悲惨な結果が書かれているだけだった。私が入学出来たくらいだからバカ校だ、と侮っていたのが間違い。ストレートで卒業出来るのが全体の四分の一、半分は中退や転校をするという、外国の大学並みの進級地獄校だと知ったのは、入学した後の事だった。私のクラスでももう四分の一が中退してしまっていて、一学期の半ばから私が授業をサボってばかりだったのは、そのがらんとした教室のせいでもある。でも責任転嫁をしても単位はもらえない。成績表に興味を無くした私は、それをバッグに押し込むと、熱いコンクリートに寝そべった。足、お腹、腕、顔、ブラトップとホットパンツから露出している部分からじりじりという音がしそうだったけれど、そこからはただ汗がしみ出してくるだけで、数回塗り直したサンオイルの匂いが鼻につく。考えている事も、思っている事も、支離滅裂になっていくのは太陽のせいか、それともココナッツの匂いのせいか……。夏のせいだ！　獲物を捕らえるようにかっと目を見開くと、太陽が目に入ってくらくらした。うつぶせになり、太陽に背を向けると微かに話し声が聞こえる。やっと来たか。顔を上げると思った通り、階段を上ってやって来たのはカナとモエットだった。

「遅いし」

「ごめーん。ねえねえミタちゃんがリンの事探してたよ」

「何で？」

「成績の事じゃない？」

　一学期終了にあたっての校長の言葉、をサボって一人屋上にやってくる前、成績表を見せ合って互いに失笑し合っていたカナが言う。それでも、まだカナの方が進級の望みが残っている結果だった。ミタちゃんの顔が頭に浮かぶ。木綿豆腐のようなぼこぼこした顔に、メリハリのない顔立ち。女のように温い喋り方の温い授業が聞こえてきそうだった。少なくとも今は、あの顔と向き合える気がしない。

「あのさあ、一学期終わっちゃったしさあ、ちょっと話しておきたいんだけど……」

そう言いながら隣に座り込み、私のバッグからサンオイルを取り出したカナの手を制す。「カラオケいこ」そう言って素早くキャミソールを着ると、私も焼きたかったのにとカナが不服そうな顔で言う。

「モエットは美白主義だもんね。カラオケ行きたいよね。こんなとこいたら貧血だし倒れちゃうよね」

まくし立てるように言うと、モエットが頷くのを見てカナも諦めたように立ち上がった。

エレベーターで一階に降りると、ドアが開いた瞬間ミタちゃんの顔が目の前にあった。ここ一週間ミタちゃんの授業をサボっていたせいか、彼の顔は前に見た時よりも日に焼けているように見える。ミタちゃんまた二学期ねー、カナが嬉しそうに言うと、一瞬あばた顔がほころんだけれど、一重まぶたの小さな瞳が私を捉えた瞬間ほころびが消える。

「お前、成績表見た？」

「うん見た」

「ミタって俺じゃーん」

「そっすね」

「お前、進級出来ないよこのままじゃ」

「はあ」

突然真面目な顔で言ったミタちゃんと、まともに話し合う気にはなれない。現代の子供は無気力、という最近見たニュース番組で連発されていた言葉を思い出す。現代の子供は分からないが、少なくとも今私は無気力だ。何しろ今、私の体を巡る血は延々浴びていた日光により沸騰している。日光は思考を失わせる。太陽、それは魔物……。

「やる気ないね」

「いやいや」

「ないね」

「はあ」

とにかく二学期単位取り戻さないと留年だよー、と言うミタちゃんに擦り寄って「一発ヤッたら単位くれる?」と聞いて「無理」と返されると、私たちは手を振ってミタちゃんと別れた。カラオケまでの道中が、こんなにも長く感じられる日は初めてだった。

「ビールの人ー? ビールの人ー?」

押しつけがましく注文を取ると、ビールを三つ注文した。エアコンから吐き出される空気はヤニ臭く、淀んでいたけれど、それでも外のべたべたする熱気の中にいるよりはずっとましだった。ココナッツくさーい。カナが顔をしかめて私を指さす。エアコンの羽根を、風が直撃するように調節したせいか、部屋中に私のココナッツ臭が広がってしまったようで、カナは腋シューを取り出して私にスプレーした。いやいや、ワキガとは違うし。ぼやいても、カナは聞いていない。それでも、スプレーをされた部分が冷えていくのは快感だった。

「あ、そうそう。さっきも話そうと思ってたんだけど」

「ああ、何か言おうとしてたね。何？」

カナの方を向いてそう聞いた瞬間、何故かモエットが緊張したように見えた。突然漂い始めた不穏な空気に、嫌な予感がする。私何も悪い事してないよな、とここ最近の自分の行動を思い出していくが、思い当たるふしは何一つない。なにー、子供出来ちゃったとか？　自殺未遂したとか？　とおどけてみせても、カナは笑わないまま腋シューをしまった。

「あのさあ、リンさあ……」

カナが言いかけた瞬間、ビールを持ってきた店員がドアを開けた。カナは黙り込んで楽曲リストを開き、モエットはビールのためにテーブルの上に置いてある皆の携帯や煙草をがさがさと退ける。呆気に取られたような気分のまま差し出されたビールに口をつけると、店員が去ってからまた少し間を置いて、カナが話し出した。

「でさあ。あのさあ、ヤマちゃんの事なんだけどさあ」

「ヤマちゃん？　が、なに？」

「最近モエットがヤマちゃんの事好きなの、リンも知ってるよね？」

「知ってるよ。私ヤマちゃんとヤッてないよ？」

「ほんとに？」

突然口を開いたモエットは不機嫌そうで、疑いの籠もったような目で私を見つめる。

「私彼氏いるしさあ、ヤマちゃん好みじゃないしさあ、二人で会ったりもしてないしさあ。濡れ衣？　みたいな？」

くねくねしながら言うと、モエットは突然怒りに燃えた目で私を睨み付けた。

「あのさあ、どういった経緯でそういう話になってるわけ？　私が何か疑われるような、そういう言動をとったって事？　だとしたら、そういう言動って何？　何がどうなって、そういう話になってるわけ？　カナとモエットの間で、どういうやり取りがあって、こういう事になってるわけ？　私はさあ、カナと二人でモエットとヤマちゃんくっつけようみたいな、そういう話してたわけよ。応援してたのね普通に。それがどうして、こういう事に？」

「応援って、だってリンこないだヤマちゃんとキスしたじゃん」

「あれは王様ゲームじゃん。王様はセイジくんだったでしょ？　だから私よりセイジくん責める方が正しくない？　ていうか、氷口移ししただけで、キスじゃないよ」

楽曲リストをめくる音が聞こえてそっちを見ると、話を切り出したはずのカナがじっくりと見入っている。私たちがこんなやり取りをしているというのに、今にも番号を送信して歌い始めそうだ。お前が始めた話なんだから最後まで責任持って聞いててくれよ、そう思うも、もう関係ないし、という表情のカナは私たちの方を見もしなかった。

「それに、いつも連絡取ってるんでしょ？　こないだ会った時ヤマちゃんリンの話ばっかしてた」

謂れのない濡れ衣を着せられ、見せしめにあい、腋シューの匂いをぷんぷんさせ、私は何をこんなにも困っているのだろう。

「たまに向こうから電話してくるだけで、自分から電話した事はないよ」

「私がヤマちゃんの事気に入ってるの知ってるくせに、どうしてアピられてんの教えてくんないの？　ひどいじゃんリン。ずっと陰で裏切ってたんじゃん」

「いやいや、だって言ったらモエット傷つくだろうし、最近あんま学校来てなかったから言う機会もなかったし、裏切りっつーか、思いやりじゃゃね？」

「学校来てなくてもメールでも何でも出来るじゃん。ひどいよリン。裏切りだよ」

　知らん顔のカナも怒り顔のモエットも困り果てている私も、とにかく何もかもがどうでも良くなってくる。どうでもいいどうでもいい。ああもう何もかもどうでもいい。どうでもいい事に何故私が苦しめられているのか。煙草に火を点けると、更にどうでも良くなった。

「ていうかヤマちゃん彼女いるし」

　カナが顔を上げて私を見る。驚きの次に、げんなりした表情を浮かべた。面倒な事言いやがって、とでも思っているのだろう。煙草を吸わないモエットは、驚きの表情を浮かべ、私の吐き出した煙に煙たそうな表情を浮かべ、最後に泣きそうな表情を浮かべた。多彩だな。百面相だな。心の中で毒づきながらビールを飲み干し、煙草を灰皿に押しつけ、テーブルに千円札を一枚置くと、バッグに携帯と煙草を押し込んで立ち上がった。「ねえちょっとお、リンー」というカナの言葉に「またメールする」と答えると、私はカラオケボックスを出た。

外では陽が落ちかけていて、道ばたには人目も憚らずにウンコをする犬と同レベルに見える人間たちが歩いていて、道には吐き捨てられたガムが黒くこびりついていて、町並みはいつもと同じで、いつもと同じで実際なら慣れきっている景色だったのに何故か虚しくなった。このろくでもない世界に生きながら、私は何を惑わされているのだろう。まるで無理矢理捕獲され、動物園の檻に押し込められた野生の猿のようだ。

一時間電車に揺られ、埼玉にあるガトウのアパート近くのパチンコ屋に到着すると、既にスロットで一箱カチ盛りのコインを積んでいたガトウに宣言した。「私がっこ辞めるかもね」と。色々な事を考えていたせいで、変な口調になってしまっていたし、かもという暫定的な言い方でもあったし、まるで他人事のような言いぐさでもあったけれど、とにかくそれは高校を辞める決意の表明だった。ガトウはふうん、と言っただけで、それ以上何も聞かなかった。

「くそっ」

小声で言ったはずなのに、隣の隣に座っているガトウから痛いほど視線を感じる。何か私、睨まれてる？　睨まれる筋合いはない。私が今金の亡者に成り下がっているのは、言ってみればシャッキングのお前のせい、そして稼ぎの少ないお前のせいでも、スロット狂のお前のせいでもあるんだからな。それにしてもスロット狂の男のせいで私がスロットに苛立っているというのもおかしな話だ。しかしそれも仕方のない事。私たちが今日このまま負け犬として帰宅したら、私たちは次の給料日まで生活が出来ないのだ。後ろのシマから天皇賞のファンファーレが聞こえる。振り返ると、さっきからずっとハマっていたおやじがビッグを引いていた。その瞬間やる気をなくして、ガトウに手招きをする。

「コイン持ち悪いし、多分しばらくは吐かないと思うよ、この台」

そう言うと、ガトウはしばらく台のデータをチェックした後、じゃあ止めていいよ、と言って自分の台に戻った。しばらく良さそうな台がないかどうか探したり、知り合いの常連仲間と声を掛け合ったりしていたけれど、すぐに飽きて休憩所のベンチに落ち着いた。時折友達とメールをしながら、本を読む。きっと、ガトウは最後の千円まであの台につぎ込んでしまうだろう。高校を辞め、ガトウと同棲を始めて一週間で理解した。何故ガトウに多額の借金があるのか。何故ガトウはそれでもスロットを打ちに行くのか。ギャンブル狂だからだ。ガトウと一緒に生活をしている内に、私の金銭感覚まで狂い始めている事にも気付いている。この人は頭がおかしい。常日頃からそうやって意識していないと、ガトウの価値観が基準になりかねない。二十万の給料は家賃光熱費携帯代借金返済で約四分の一になってしまうため、家賃光熱費携帯代借金返済をする前に増やしておこう。というファッキンなアイデアを毎月採用しているガトウはどう考えても狂ってる。という正常な判断が出来なくなってしまったら、私も終わりだ。

休憩所のベンチに横たわって目を瞑る。破滅的な音量で流れているユーロビートが、私の意識を休ませてくれない。苛々しながら薄く目を開けた瞬間、ガトウが勢い良く歩いて来るのが見えた。珍しいじゃねえかもう引き上げるのか、そう思いながら上体を起こしかけた瞬間、思い切り頭をはたかれる。は……。と驚いて声も出せないでいると、ガトウは思い切り敵意を露わにして私を見下ろした。私？　なんか？　した？　ジェスチャーと口の動きだけでそう聞くと、ガトウは唾でも吐き捨てそうな顔をして顎をシマに向けた。

「お前のやってた台連チャンしてるぞ」

だからって何で私が殴られなきゃいけないんだ。意味が分からない。私は出ないと思った。だから多分吐かないと思う、と言った。嘘は何一つ言っていない。大体お前だってデータを確認して止めていいと言ったではないか。苛立ちながらさっき打っていた台を見に行くと、臭そうなおやじが下皿をカチ盛りにしていた。

　ああもうなんか、うぜー。そう思ったのは、別に連チャン寸前の台を手放してしまったからではなくて、きっとこれから一週間くらい、もしかしたら一ヶ月くらいかもしれないけれど、私は延々ガトウにこのミスを責められ続けるのだろうと分かっていたからだ。ねちねちした、餅よりも少しだけ柔らかい感じの粘着質なヘドロ。ガトウはそういう男だ。でもまあ、確かに私があの台を打ち続けていれば今日は焼き肉だったかもしれない。ここしばらく肉を食っていない事を思い出す。この店の裏手にある焼き肉屋のユッケを思い出して、唾が溜まっていく。ああもう腹が、減って仕方ない。

　パチンコ屋を出た私たちの所持金は合わせて三百二十円。これでガトウの次の給料日まで、つまり三週間を過ごさなくてはならない。米びつの中身が空っぽになっていたのを思い出すも、もうそんな事で慌てたりはしない。金がなくても、何だかんだでどうにか生きていけるものだ。ガトウは勤め先のパチンコ屋で一日一食お弁当を支給されているので、とりあえず死なない。私はコーヒーと水、そしてクリープを舐めて空腹を紛らわす。運のいい時はガトウがお弁当の残飯を持って来てくれる。まるで禁欲生活だが、元々そのひもじさが「スロットで一攫千金」という欲から始まっているため、偉そうに言う事でもない。私は耐えている。何のためにか分からないままひた走るように、我慢し続けている。いや本当は何のためにか知っているけれど、分からない振りをしている何といってもそれが私だから！

ガトウの嫌味を聞き流しながら帰宅すると、コーヒーシュガーと塩を交互に舐めた。塩、塩、砂糖、塩、塩、砂糖、の順番が一番美味しいよ。いや、砂糖、塩、砂糖、塩、が一番シンプルでうまいんだよ。などと、別にどっちでもいいし、みたいな話をしたけれど、続かない。基本的にガトウとの会話は続かない。ガトウは無口で、つきあい始めた頃は、いつも何を考えているのだろうと不思議だった。スロット打ちたいなー、あの台は惜しかったなー、腹減ったなー、誰に金借りようかなー。まあそういう事だろう。地球の滅亡シナリオについてとか、生命の神秘についてとか、世の果てについてとか、ガトウがそういう抽象的な事を考える男だとは思えない。友達の友達的な流れで知り合ったガトウと初めてヤッた時、ガトウは私の手首に残る傷跡を見て、俺は絶対にこの傷を増やさせないから、そう言った。え、別に私誰かに手首の傷跡をつけるよう強要されてきたわけでもないし別に誰かのせいで傷をつける羽目になっていたわけでもないし、誰かにコントロール出来るような苦しみによって自傷行為に走っていたわけでもないし。そう思いながら私は頷いて、ガトウの胸に顔を埋めた。何となく、そういう気分だった。私はその時、ガトウのような男と暮らしたら、私も生きやすくなるんじゃないかと思っていた。生きやすい、この生活がそう言えるのかどうかは分からないが、この貧乏生活の中で、明日の飯についてばかり考えながら暮らせているのは、私にとって幸せな事なのかもしれない。何しろ、腹が減っていると思考力が低下する。まあ、明日になったらどうにかなるだろう、そう思っている自分が不思議だが、ガトウと同棲を始めて約二ヶ月、私はそうして生きてきた。

もさもさっ。という感触で目を覚ます。腹が減った。起きた瞬間思ったのはそんな事で、ああもうっ、という声が聞こえて隣に目をやるとガトウが制服に袖を通しているところだった。どうやら今日も遅刻らしい。寂れたパチンコ屋の制服は、山本寛斎デザイン。上体を起こして、壁に背中をついて着替えをするガトウを見つめていると、ガトウは着替えを終え、携帯と財布と鍵を持って出て行った。行ってきますもなしかよ。無口にも程があるぜ。そう思いながら、再び横になる。横になると、涙が出た。あんな男であっても、ここまでないがしろにされれば悲しいものだ。あんな男であっても、私が一緒に暮らしている男であるのは間違いないし、あんな男が、私の生活の中心であるのも間違いない。色々と考えていたけれど、腹が鳴ったので目を閉じた。ものの、むし暑くて眠れない。冷房を入れようかどうか迷うけれど、電気代がかかるだろ、というといつかのガトウの言葉が蘇る。ずっと布団に入ってりゃいつか眠れんだよ、という、別に思い出したくもない言葉も蘇る。体育座りをするように丸くなって、私は再び眠りについた。

今度は、穏やかな日差しに起こされる。ブラインドを通して、ストライプの光が私の顔を焼いていた。起き上がると、ごまかしのきかない空腹感に襲われる。クリープも砂糖も残り少ない事を確認してから、これからの食料について考えた。私の財布にはあと二百円残っている。安くて、体積が大きいもの……。食パン。思いつくが、駅前のスーパーを思い浮かべると気が遠くなる。駅前のスーパーまで、自転車で三十分。そのエネルギー消費を考えると、逆にあまり動かずにいる方が得策にも思える。ブラインドの角度を調整しながら、その隙間から裏手の廃工場を見つめる。初めてここに来た時の衝撃は忘れられない。畑と工場に囲まれたこの土地に、到底自分が馴染めるとは思えなかった。それでも馴染んだ。慣れというのは恐ろしい。朝ご飯としてクリープを二口舐めると、洗濯物をかき集めてベランダに出る。燦々と降り注ぐ陽光に汗を浮かべながら二槽式洗濯機を回すと、逃げるように部屋に戻る。砂糖水を一杯飲んでから、掃除に取りかかった。炊事洗濯、ガトウと暮らし始めてから、お茶の子さいさいだ。お茶の子さいさい？　腹が減っているせいだろうか。今日は今まで使った事もない言葉が頭に浮かぶ。ああ肉が食いたい。


「支度しとけ」

「……え？」

「何だよ」

「どこ行くの？」

「いいから、支度しとけ。あと十分くらいで帰るから、外で待ってろ」

肉の思い出で頭がいっぱいになっている私に、ガトウはそう言って一方的に電話を切った。まあガトウの行動パターンは分かっている。行き先はパチンコ屋に違いない。ガトウはある日突然デートに連れて行ってくれるような男ではない。じゃあ金は？　誰かに借りたか、サラ金で借金を増やしたか、スロットで誰かの代打ちをして勝ったかのどれかだろう。早番の上がり時間からそんなに経っていない事を考えると、サラ金に借りに行く時間や、誰かの代打ちをしている時間があったとは思えない。誰かに借りた。だ。気が重い。しかし肉への期待に胸が躍っているのも確かだった。

見知らぬ車の助手席に座っているガトウは、アパートの前に座り込んでいた私を見つけると後ろを指さした。後部座席に乗り込むと、車は走り始める。車の中で、うちのマネージャーのイスミさん、と紹介され、どうも、と言ったきり、私は黙り込んだ。もちろんガトウも、話に入らない私に気を遣う男ではない。どこのパチンコ屋に行くのかまでは分からなかったけれど、ガトウとイスミさんの話している内容から、恐らくマックス2だろうと分かった。二人のスロット談義をぼんやりと聞き流しながら、煙草を吸う。ガトウの口調から、マネージャーというのが彼の上司である事が分かる。何故か灰皿が一円玉で一杯になっていたため、窓から灰を落とした。あの台好きなのイスミさんくらいですよー。俺は昔あの台で十五万勝ってからいつもあの台に願掛けしてんだよ。オカルトは良くないっすよ、スロットはデータっすよ。若い奴はデータ重視だよな、スロットパチンコに必要なのは情熱だよ、情熱。熱いっすねー、イスミさん。……はっ、という私の笑い声は、運良くラジオの音に紛れた。窓から入り込む風に顔をしかめながら、対向車線をやって来たクラウンにぶつけようと、煙草を指で弾いた。風に飛ばされ擦りもせず、煙草はアスファルトに転がった。

以降、車中一言も喋らないまま到着したマックス2で、私は打たせてもらえなかった。

いくら借りたのかは知らないけれど、二人で打つだけの金は借りていないようだった。会話にも加えず、打たせない、ならどうして私を連れて来たのか分からないけれど、ガトウが黙ったまま台に座ったのを見て、私は黙ったまま休憩所に向かった。友達と電話をしに外に出たり、メールをしたり、家を出る前にどうせこういう事になるのだろうと予想して持って来ておいた文庫本を読んだり、同じく休憩所にいた男にナンパされたり、彼氏と来てるから今度一人でいる時にナンパしてとあしらったり、煙草を吸ったり、していると三時間ほど経った頃やっとガトウがやって来た。出てるぜ、と笑って私に缶コーヒーを手渡すと、ガトウはすぐに戻っていった。煙草を吸いながら、本を見つめ、缶コーヒーを頬にあてる。ここまでどうしようもない男と付き合っていると、こんな缶コーヒー一本でその優しさに感動出来るようになってしまう。もちろん、それが基準だと思ってはいけない。騙されてはいけない。私はひどい扱いを受けている。その事を常に意識しているべきだ。コーヒーをすすると煙草を消し、友達から受信したばかりのメールに返信した。何というかまあ、何もかもがつまらない。

夜十時の閉店まで粘って、収支プラ二万という結果に、ガトウは不満そうだった。やっと波に乗ってきたところだったのに、と景品交換所で憎々しげに言うガトウに苦笑しながら、五万勝ちだったイスミさんは焼き肉を奢ると言い、再び車を走らせた。

「いいねえ」

肉を頬張る私を見て、イスミさんが言った。ご飯？　サンチュ？　キムチ？　いいいい肉だけで。と遠慮に見せかけて上カルビとユッケだけを食っている私のどこがいいのか、考えながら肉を嚙んだ。

「ダイエットとか言ってる女より、これくらいがっついてる女の方がいいねえ」

貧乏で滅多に肉が食えず久々の肉にがっつく女、にいやらしい目を向けてにやにやしている、貧乏くさいおやじのせいで食欲が失せる。はずもなく、私はイスミさんに微笑むと、また鉄板から上カルビを選び取った。

「どこ行っても肉ばっか食うんすよ、こいつ」

「いいじゃねえか痩せてんだから」

「慎みがないというか何というか」

「カルビ追加するか？」

肉を食べる私に嫌悪感を示しているガトウを無視して聞いたイスミさんに、ガトウは黙り込んだ。カルビの油をビールで流してから、じゃあこの広島産のやつを、と落ちていたキャミソールの肩ひもを掛け直しながら言うと、イスミさんは嬉しそうな顔をして店員を呼び、三人前追加してくれた。鉄板に残っていた最後の一枚を取ろうとして、それがロースである事に気付き、手前のユッケに手を伸ばす。人の金。人の金。イスミさんの金。ガトウの上司の金。そう思えば思うほど、消化が良くなっていくような気がした。広島県産牛肉のカルビは、格別にうまかった。

アパートに送ってもらう車中、私は助手席にいた。チンコのような顔をしたイスミさんが、後部座席に乗り込もうとする私に向かって隣に来いよ、と声を掛けた時、ガトウはムッとしてはいたものの止めはしなかった。よって、背中に威圧的な空気を感じながら、私はアパートに到着するまでの数十分、イスミさんの下ネタとおやじギャグに付き合う羽目となった。

「最近池袋のピンサロ嬢にハマっててよ」

「やだー、イスミさんエローい」

「すげえテクニックなんだよ。お前も習って来いよ」

何で私がこんなおやじにお前呼ばわりをされ、ピンサロ入りを勧められなきゃいけないんだ、そう思いながら口を挟まず存在感をなくしているガトウに違和感を持つ。

「えー？　私上手いんで必要ないですよー」

「本当かおい、どんだけ上手いんだよ」

いやらしく笑いながら聞くイスミさんに、ガトウはうやむやに返事をした。おいおいいつも奉仕してやってんだろ超絶テクニックです！　とか言えよ。唐突に大人しくなったガトウに、私は苛立ちを感じていた。

「おい、彼女が池袋のナンバーワンピンサロ嬢だったらどうするよ？」

エロエロ舐めっ子ナンバーワン、とかな、と続けたイスミさんの猥雑さに、私は逆に清々しさまで感じ始めていた。反対に、苦笑しながら小さくあり得ないっすよ、と呟いたガトウの女々しさには悲しみまで芽生える。

「今度指名してくださいねー」

「常連になってやるよ」

車がアパートの前に到着し、イスミさんに手を振ると唐突に静寂が訪れ、二人して沈黙のまま部屋に入る。私と二人でいる時ガトウは空気のようだ。いや、ガトウにとって私が空気なのかもしれないが。

「お前さ」

「な?」

次に声を掛けられるのは「風呂」か「寝る」かのどちらかだと踏んでいた私は、唐突な呼びかけに間抜けな声を上げた。なあに? と言い直すと、ガトウは敵意を表明するように私を見つめた。

「ああいう汚い食い方すんの止めろよ」

ていうか、今日私はガトウの上司の手前、箸を持つ時も置く時もきちんと三回持ち替えていたし、箸先を人に向けなかったし、食べている時は絶対に口を開かなかったっていうのに、毎食毎食口に物が入ってる時に喋ったりくちゃくちゃ音をたてて食べたり茶碗の上に箸を置いたりねぶり箸したりするあんたに汚い食い方、と言われる筋合いがどこにあるんだろう。と苛立ったものの、どうにか鎮める。

「そんなに汚かった?」

「それから、ああいう媚び方すんの止めろ」

「媚びっていうか、イスミさんのノリに合わせてただけだよ。私だって好きでノリ合わせてたわけじゃないんだよ?」

「もっと固い態度取れって事だよ。あんなバカで下品な話しやがって。軽い女丸出しじゃねえか」

「彼氏の上司に良い顔するのがそんなに悪い事なの？」

「マスダさんの奥さんはお前みたいな態度は取らないぞ」

あーあのデブ女ね。ていうかあんなブタ女に誰も軽さなんて求めないし。ていうか別に私軽い態度取ってただけで軽いわけじゃないし。

「イスミさんもイスミさんだよ。人の女にセクハラしやがって」

「イスミさんにも言えば？　人の女にセクハラすんなって」

ガトウのぎょろりとした目が私を捉える。血走っている。そして、濁っている。ガトウは苛立っている。それも、かなり激しく。分かっている。

「俺は仕事仲間とか友達にそういう事は言いたくない」

血走った目が私をじっと見つめているのを知りながら、宙を見つめる。ここで黙っていればガトウは更に苛立つだろう。苛立たせたところで私にメリットはないが、それでも黙っていたい時もある。

「聞いてんのか！」

「……分かったよ。もう二度と他の男に媚びないし、軽い女に見えるような事は言わないし、汚い食べ方もしないよ。ごめんなさい」

もう面倒だったし、これ以上楯突いたら殴られるだろうと思ったから素直に謝った。素直に謝ったのに、ガトウは更に苛立ったような表情で「何だその言い方」と言ったきり黙り込んだ。寝る、小さく言って、ガトウは大きな音をたててバスルームのドアを開けた。ガトウの尿と便器の水が混じり合う音を聞きながら、私は荒々しく煙草を灰皿に押しつけた。

「大人しく監禁されていなければあの浮気相手を殺しに行くからな」

ていうか、浮気はしてねえって言い張ってんじゃねえか人の話聞けよ。という言葉を飲み込む。それでも無意識的に、はっ、と鼻で笑ってしまった私の体が唐突に倒れた。状況を把握しようと目を大きく見開くと、ガトウが私に馬乗りになっていて、私は至近距離から何だかもの凄い目で睨まれていた。でもガトウのあまりの真剣さに、愉快になる。

「バイト先にはもう辞めさせるって電話した。外でお前の事を見たって情報が入ったらお前もあの浮気相手も殺す。いいな。家で大人しくしてるんだ」

ワーオ。そう言って肩をすくめておどけてみせたら、私はどうなるんだろう。そう考えながら頷いた。あの浮気相手、昨日畑の真ん中に停めた車の中でカーセックスをしていた男がそう呼ばれている事に、今の自分の滑稽さを感じた。ガトウと同棲を始めて四ヶ月、いい加減炊事洗濯スロットの日々にも辟易していたし、喧嘩の延長線上で吐かれた「金ないの分かってんだったらお前もバイトくらいしろ」というガトウの言葉に苛立ちながら始めたバイト先でやっと、現実逃避を出来る程度の、手乗りサイズのロマンスを見つけただけだったのに。雪の降った日に、真っ白な駐車場に車のタイヤで書かれたリンの文字。クリスマスの日に、アクロバティックな技巧を駆使してガトウと浮気相手の間を行き来したあの疲労。大晦日、ガトウと年を越し、日本酒に睡眠薬を混ぜてガトウを寝かしつけた後抜け出して浮気相手と過ごしたささやかな数時間。様々な思い出が頭を過ぎる。

あ、もう思い出って事になってる。という自分の割り切りの良さに気付いて薄笑いがこぼれそうになるものの、絶対に殴られるのが分かっているため押しとどめる。

「お前が外に出たら俺に連絡が入るようにしておくからな。絶対に外に出るなよ。いいか、お前が外に出たら必ず俺に伝わるからな」

ガトウはもう私の上から立ち上がっていて、着替えをしている。シャツとスラックスを着て、暴力男からマイクの似合うパチンコ屋店員に早変わりすると、ガトウは煙草に火を点けて私の脇に座り込んだ。

「逃げても、行く場所ないだろ。実家に帰っても絶対に連れ戻すぞ。悪いけど、俺はお前と別れる気はないからな」

別れる気？　そんなもの私にだってない。別れる気だったらこんな暴力に付き合ってるかってんだ。つきあい始めた時から、私はずっとあんたを見てきた。別にそんなに好きじゃないのに、そんなに好きでつきあい始めたわけじゃないのに、それでもあんたを尊重して、三歩下がってやってきたよ。浮気は時々してたけど、それでもあんたを立ててた。私があんたにしてやれる事は、全てやってきたつもりだ。毎日ご飯も作ったし、炊事洗濯もした。ただ浮気しただけだ。それにも理由があった。あんたが私を大切にしないからだ。毎日毎日スロットばっかりで相手にしてくれないし、いつも「飯」とか「風呂」とかクソ亭主みたいな事ばっかり言うし、友達の彼女を可愛いと褒めるし、そんなの、浮気されて当然だってんだ。くそ。何でだろうどうしてだろう現行犯で捕まった私と浮気相手が共々殴られたからでもないし、一晩中殴られたり怒鳴られたりしていたからでもないし、監禁されたからでもないし、外に出れないからでもない。いや、それら全てを含めてただただ疲れたからかもしれないけれど、私は呆然と泣いていた。

「おい、聞いてんのか」

ガトウの言葉に、口をへの字にしながら頷くと、ガトウは私の頭を撫でてから煙草を灰皿に押しつけ、携帯と財布をポケットに詰めて立ち上がった。私の財布は昨日の夜、中身共々没収された。携帯は折られた。その残骸がまだ床に転がっている。バイト先で支給されていた、浮気相手とウェイトレスと客プレイを楽しんだエプロンやブラウスなどの制服も切り裂かれ、無惨な残骸として床に落ちている。私の使っているラックやタンスや小物入れは全てひっくり返されて、何かやましい物がないか調べられ、やはり残骸のように転がっている。この工業地帯は、ガトウが言う通りガトウの知り合いばかりだ。きっと、私が外に出たら本当に情報が伝わり、私は殺され、いや、殺されはしないだろうがぼこぼこにされるのだろう。ゴミ箱に詰め込まれたような圧迫感に、体の端々が歪んでいくような気がして、思わず身震いをする。ガトウが部屋を出て行き、がちゃん、と鍵のかかる音がした。その音を聞いた瞬間、怒りが爆発。

立ち上がって、ガトウが閉めたドアを足の裏で思い切り蹴りつけると、ばすん、という音がして、すぐに静寂が訪れた。怒りが収まらず向き直り、バスルームのガラス戸を同じように蹴りつけると、がしゃん、という音と共にガラスが割れた。せいせいした……ぜ。

はっ。不敵な笑みが浮かんだ瞬間、外からばたばたと音がして鍵が開き、怒濤の勢いで戻ってきたガトウに首を摑まれ、私は振り回された。布団に押しつけられてぜいぜい言いながら、私は何だかもう、もう面倒くせえなあという気持ちで目を閉じた。

もう一度ガトウが出て行くと、五分ほど時間を置いてからまた色々な物を蹴ったり殴りつけたりしたけれど、一時間もすると落ち着いて、化粧をした。監禁されても、美しくありたいという女心は変わらないようだ。はっ。バカめ。くさくさして仕方なかったけれど、とにかく疲れていた。呆然。という言葉が宙に浮かんでいるような十畳一間の空間で、私は色々な事を考えていた。昨日から一睡もしていないというのに、頭が冴えて仕方ない。しかし冴えているはずの頭は断片的にしか物事を考えられず、何かを深く追求する事が出来ないもどかしさもある。ああもう。とくさくさして飲むコーラの炭酸が抜けている事にもくさくさする。

コンコン。というドアが叩かれている音に気付いたけれど、もちろん出ない。ガトウだったら鍵を使って開けるはずだし、この家には勧誘には出ない、という家訓があるし、とにもかくにも私は監禁中の身だ。はっ。とまた笑おうとした瞬間「リン?」というくぐもった声が聞こえて立ち上がった。声で分かってはいたけれど、一度覗き穴で確認してから静かに鍵を開ける。そろりとドアを開けると、透明人間のようにするりとその隙間から入ってきたのはガトウの店の常連の、トキタさんだった。

「なんか、大変な事になってるみたいだな」

「大変だよー」

「さっきガトウから電話来て、お前が外にいるの見たら俺に連絡してくれって言われたよ」

「もー大変だったんだからー」

私たちは小声で、その代わり大袈裟な表情とジェスチャーを使って話していた。このアパートは壁が薄いため、隣の部屋の住人に「男が来ていた」などとガトウに告げ口でもされたら大変な事になる。以前から時折、ガトウの就業時間を狙って遊びに来ていたトキタさんはきちんとそれを心得ている。飲み込みの良い、気だての良い、勘の良い男だから、私はトキタさんが好きだ。トキタさんがガトウの友達でなかったら、私の浮気相手はこの人だったかもしれない。

「ねえねえ。ガトウに見つかったらトキタさんも危ないんだよ」

「だいじょぶだいじょぶ。車は遠くに停めておいたし、誰にも会わなかった」

そう言いながら全く危機感のない様子で部屋に上がるトキタさんを見ていると、昨日の惨事が夢のように思えてくる。皆で遊ぶ時、トキタさんと仲良くしている私にねちねちと嫌味を言っていた頃のガトウが懐かしい。当然のように私の膝に頭を乗せて寝転がるトキタさんの髪の毛を撫でていると、何故か悲しくなった。

「浮気しやがった、って言ってた」

トキタさんが目を瞑ったまま言う。一つずつ順を追って、昨日の惨事を思い出す。カーセックスをした後、ガトウの仕事が終わる前に家まで送ってもらう予定だった。それが、フェラをしている最中に携帯が鳴り出し、早く終わったから帰宅したのに何で家にいないんだと責められ、わーっと混乱した私と浮気相手は家から少し離れたガード下の交差点で車を停め、じゃあねと手を振った。ここまではよくあるパターンだった。毎日のように浮気をしていれば、普通にある状況だった。でも車を降りた瞬間がしゃーんという音がして、振り返ると自転車を乗り捨てたガトウが猛スピードでこっちにダッシュをしていた。その瞬間私は迷った。車に戻って、浮気相手と逃避行をすべきか、それとも、逃げて、と言って浮気相手を逃がし、一人でガトウに言い訳をするか。でも結局どちらもしなかった。まあ結局、どちらにしても間に合わなかったようにも思う。浮気相手は車から引きずり出され殴られるし、聞いてる方が恥ずかしくなるようなてめえぶっ殺してやる系のヤンキー暴言を聞かされた後、浮気相手は「ただのバイト仲間です」と言って解放してもらい、私は何でバイト仲間の車に乗るんだ本当は浮気なんだろと怒鳴られ、殴られ、監禁された。私は浮気相手に「ただのバイト仲間です」と言われた瞬間冷めた。私はダッシュしてくるガトウを見つけた時、わざと何もしなかった。逃避行を選び、浮気相手を取るか、浮気相手を逃がしてガトウを取るかという選択をしなかった。ただただガトウと浮気相手にタイマンを張らせ、浮気相手に私たちの行く先を決めさせようとした。もしもあの言葉がなかったとしたら、私はこのアパートを抜け出して彼と逃避行をしていただろう。でも浮気相手の選んだ道は「とりあえず逃げる」だった。それを知った瞬間、私はこの先の事を考えて、いや、元々考えてはいた。こうなったらこうする、という二択の先の二択まで考えていた。そうして彼を試し、天秤にかけた結果、浮気相手よりもガトウを取った。そういう事だ。私はいつもそうだ。いつも誰かに決めさせて、誰かに責任を負わせる。殴られたし、怒鳴られたし、今も嫌な気持ちでいる事は確かだが、どちらにしろ自分にとって都合の良い状況が出来上がりつつあるのは確かだ。私はうまくやった。同棲を始めてから、文句も言わず何もかもを受け入れる態度を取りながらガトウを自分に依存させ、最高のタイミングで浮気をした。それは、ずっとひどい扱いを受けてきた復讐であり、私のこれからの権力と地位の向上のためでもある。そう、私はずっと、ガトウの全てを我慢する事で、耐え続ける事で、決定権は全てあなたにあるとアピールし続ける事で、復讐と、権力闘争の基盤を作っていた。もしも浮気相手があの場で逃げなかったとしたら、それはただの復讐で終わっただろう。しかし私は浮気相手のあの行動を見て、決意した。これからは権力闘争だ。と。今はこうして燻ってはいるが、私はこれからきっと、どんどんと勢力を伸ばしていくに違いない。

「してないよ。浮気なんて」

「分かってる」

優しく言うトキタさんをじっと見ていると、涙が溢れた。確かに、全て私が仕組んだ事だった。それでも、私は傷ついていた。私はあの時、捨てられた、そう思った。私を置いて逃げやがった、そう思った。だって、あの状況で私を置いて行ったら、私がその先殴られたり、怒られたり、色々な大変な事が起こる事くらい分かっていたはずだ。それなのに、奴は殴り返さず、ただ逃げた。私は捨てられた。思い出として割り切った。そう思っていたはずなのに、それでもまだ傷は癒えていないようで、泣き始めると涙は止まらなくなった。

「リンは、浮気なんかする女じゃないって、皆知ってるよ」

トキタさんが下から手を伸ばして、私の頬を撫でた。泣いている理由とはまた別の理由で慰められるというのも、一石二鳥だ。

「ガトウのためにずっとがんばってきたのに」

でもまあとにかく、私は今それを利用するしかない状況でもある。

「知ってるよ。お前は偉いよ。毎日家事やって、飯作って、それなのにガトウはいつも甲斐性無しで、ひどい奴だよ」

うん、うん、と頷きながら、トキタさんの手を握った。何かにすがりたい気持ちだった。今まで普通にあったものがなくなった時、人は少なからず不安になるものだ。ここ二ヶ月ほど二本の男根に足をかけていた私は、昨日片方の男根を失ったばかりで、バランスを崩している。そのバランスの悪さをどうにかして安定させるためには、色々なものを利用しなければならない。

「ガトウの帰って来る時間までに帰ってないと怒られるから、仕方なくバイト仲間に送ってもらっただけなんだよ」

　トキタさんは可哀想に、と言いたげに私を抱きしめた。トキタさんの胸で泣きながら、私は少しずつ傷を癒していった。こういう時に慰めてくれる人がいるのといないのとでは雲泥の差だ。私は、絶体絶命が恐い。だからいつも逃げ道を用意するし、先々の事を考えて自分の事だけを考えて、自分の都合だけを考えて生きている。

「逃げたかったら逃げなよ。そんで、無事に逃げられたら俺と付き合って」

　トキタさんはそう言って、私に一万円札を渡して帰って行った。セックスをしなくても親切にしてくれる人がいるんだ。そう思って少し感動したけれど、本当に親切だったらあの黒光りするキャデラックで私を連れ出してくれていたはずだった。

　私はきっと逃げない。逃げられないのではなく、逃げない。

「爆裂！」そう書かれた札が私の台に差されたのを指さすと、ガトウが隣で笑った。ガトウの台にも「高設定」の札が差されている。朝一で並んだ甲斐もあって、私たちは二人揃って爆裂台を取る事が出来た。今日は焼き肉。絶対焼き肉。焼き肉以外は食べない。と夕飯の相談をしたり、ねえねえ私バッグ欲しい、とねだったりしながら順調にコインを増やし続けて数時間、溜まりに溜まった尿に急き立てられるようにトイレに入ると、急いでスカートをまくし上げる。とにかく一分一秒が惜しい。トイレットペーパーが薄すぎて切り口がなかなか見つからないのも、もどかしい。

ガトウの監禁が始まって三ヶ月、監禁はもうほとんど解除されたようなものだった。ガトウの言う通り大人しくしていると、一ヶ月が過ぎた頃には携帯を買い与えられ、次には女友達と連絡を取る事が許され、次に女友達と遊びに行く事が許され、もちろんあの浮気相手とは連絡を取っていないものの、ある程度元通りの生活になりつつあった。久々にガトウの休みに出かけようという話になり、その先がやっぱりパチンコ屋だった事にげんなりしたものの、ここまで爆裂されちゃあそうも言ってられない。

シマを歩いて台に戻る途中、大音量のBGMに混じって聞こえた音に一瞬足が止まる。勢い込んでガトウの背中を叩き、「今スペシャル予告音鳴ったよ」と教えた瞬間、ガトウの手元の携帯に女の名前とハートマークを見た。ガトウは瞬時に携帯を閉じ、コイン皿に放り振り返ったけれど、その顔も見ず、私はバッグを引っ掴んで走り出した。四階分の階段を駆け下りながら、自動ドアの「押してください」と書いてあるスイッチを連打しながら、突如私を照らし出した陽の光にくらくらしながら、とにかく私は悲しいほどに混乱していた。

走っていれば何も考えないでいられるから、私は走っているのかもしれない。やっと、今自分がしている事に一つの理由を仮定出来た瞬間、思い切り腕を掴まれて、私は前のめりになって止まった。かくかくとしていて、人形のようだ。

「何で勝手に台ほっぽって出てくんだ。どういう事だよ！」

怒鳴りながら、ガトウはどこか後ろめたげだ。きっと元カノからのメールを見られた事に気付いているのだろう。

「お前ほんと死ね！」

怒鳴り返して再び走りだそうとすると、また腕を掴まれ、通りの端まで引きずられた。ここで静かに話でもするつもりか？　怒鳴ってしまいそうな声帯を力業で押さえつけるように言うと、ガトウに投げ飛ばされて背中をシャッターにぶつけた。

「お前は最低だよ。送ってくれたバイト仲間殴って、私の事監禁して、男友達とも連絡取るなだの何だの言って、お前は元カノと楽しくメールなりか？　お前の一人芝居には吐き気がするなりよ！」

無意識の内に冗談が口をついて出る。きっと今の私は、冗談でも交えなければこの怒りを伝えられないのだろう。

「俺に向かってお前とか言うんじゃねえ」

「お前とは別れます」

「だったら携帯置いてけ」

「メモリー書き写したらぽっきり二つに折って倍にして返してやるよ」

肩をすくめて挑発的に言うと、その瞬間ガトウの拳が飛んで、私も飛んだ。コンクリートに打ち付けた腰の痛みに一瞬顔が歪むものの、その痛みによって冷静さを取り戻せるような気もした。繁華街の真ん中、人々は立ち止まって私たちを見たり、笑って指を差したりしているけれど、誰も警察に通報をする素振りなどは見せない。私が彼らの立場であったとしても同じような反応だっただろうから、私は彼らを責めない。ここでガトウに殴り殺されたとしても、責められない。

「メモリーは写させない。その携帯は俺のものだ。いいから立て」

お前が殴り倒したくせに。ガトウの差し出した手を無視して下から睨み付けていると、ガトウは無理矢理私を引き起こす。

「私の女友達に電話掛けまくってその腐れチンコ突っ込んでやろうってはらか?」

立ち上がりながら言うと、ガトウは手を放してまた私を殴りつける。どすっ。という音をたてて、今度はシャッターにぶつかった。崩れ落ちた瞬間、手首を捻る。冷たいコンクリートが、しんしんと私を冷やしていく。

「あいつとは何もない。あいつが結婚したって話はしただろ。旦那とうまくいってないって言うから、相談に乗ってやってただけだ」

何故こんな奴と半年以上も一緒に暮らして、毎日のようにセックスをしたり、チンコをしゃぶってやったり、していられたのだろう。不思議で仕方ない。今となっては全てが不可解だった。元々好きでつきあい始めたわけではなかったけれど、実際のところ、ここまで嫌でいやらしくてつまらなくて最低でクソな野郎だとは思っていなかった。こんな男とセックスしていたこんなマンコ、取り外して隅から隅までタワシでごしごししてマキロンで完全消毒してやりたい！　怒りと恥辱の中、再びガトウを睨み付ける。その瞬間記憶が蘇る。まだガトウと私が付き合っていなかった頃、ガトウに紹介された例の女の事だ。元カノ、と紹介されたけれど、二、三言葉を交わしただけでブスの年増とは話が合わない、とすぐに打ち解けるのを諦めただけにブスで年増、という記憶しかない。あの時は、自分がその後ガトウと同棲を始めていたり、その女のメールに激怒していたり、今の事を思い出したりしているかもなどとは、微塵も思っていなかった。でも今、まさしくそういう事になっている。

「腐れチンコの言う事なんて信用出来ないし」

私はガトウの形に曲がっていた。初めてガトウとヤッた瞬間、私はガトウの形にぐんにゃりと折れ曲がった。しかし、元カノからのメールを見て怒りに燃えた私は、その怒りによってまたぐんにゃりと折れ曲がってしまった。今までと、反対方向にだ。だからもう二度と、私はガトウにフィット出来ない。もうガトウは、二度と私にはまらない。言ってみれば凹から凸で、どちらかと言えば私は今マンコと言うよりもチンコだからだ。もう二度と、私とガトウは合致しない。

「今すぐ携帯出せ！　解約しに行く」

再び怒鳴り始めたガトウの目には、怒りのせいか涙がたまっているように見える。座り込んでいるコンクリートが、どんどんと私のお尻を冷やしていく。便秘になりそうだ。便秘になった事もないのに、そんな事を考える。

「腐れチンコに解約なんて出来るのなりかねえ？」

独り言のように言うと、座り込んでれば殴られない、と油断していたため緩みきっていた腹にガトウのスニーカーが食い込む。ゴムがすり減っていて、それは鋭く私の内臓を刺激した。パチンコ屋に並ぶ前にドーナツ屋で食べたドーナツが、今にも吐瀉物となって噴射されそうだった。

「お前それ以上言ったら殺すぞこのクソアマ！」

「このクソアマンコに腐れチンコ突っ込んであうあう言いながら喜んでたのはどこのだれ……」

　言い終える前に襟首を摑まれ、引き起こされ、シャッターに押しつけられた。殺すぞ。というガトウの小さな一言が耳元で響く。そこには冗談の欠片もなくて、ああほんと真剣なんだこの人、というのが分かって途端に面白くて仕方なくなる。真剣な人とか、真剣な顔をしている人とか、僕真剣に生きてますみたいな人が、今の私にはおかしくて仕方ない。

「私の事監禁して、男友達とも連絡取るなだの何だの言って、携帯へし折って、それであんたはブスで年増の元カノの腐れマンコにその腐れチンコ突っ込んで腐った精液放出してたわけだ。そんで浮気がばれたら逆ギレして殴る蹴るの暴行を加えた上殺すだの殺さないだのと低能な暴言を吐いてるわけだ。うけるねほんと。まじであんたがそんな面白い奴だって知らなかったよ。最高だよ。つまんない男だったのにね。ブサイクで、ブサイクなのにしょっちゅう隠れて鏡見てる気持ち悪いむっつりナルだったのにね。あんた今最高に面白いよ」

自分の事を棚に上げ、だ。もちろん分かっている。最初に浮気したのは私だ。携帯壊された、と責めながらもちろんバックアップもとっていたわけで、恐らくガトウは本当に浮気をしていないのだろうとも分かる。でもそれでも、浮気してるんじゃないか、一瞬でも私にそんな不安を植え付けたガトウが、男とは連絡取るなと言いながら自分は元カノと連絡を取っていたガトウが恐ろしく気持ち悪い生き物に見え、私は取り乱した。でも少しずつ自分の本意が分かっていく。私の気持ちなんて、私の目から見れば一目瞭然だ。

私は進んで傷ついていた。メールを見た瞬間、私は自ら進んで過剰に傷ついていた。監禁されていたストレスを、つまらない生活の反復だった同棲生活の鬱屈を、浮気相手に捨てられた鬱憤を、全てガトウのせいにして発散しているに過ぎなかった。元々、監禁される事も、つまらない生活も、全て私が自ら望んだ事だった。私は束縛される事を望んでいたし、携帯を折られる事も望んでいたし、監禁される事も望んでいたし、浮気をしながら、浮気をしてもガトウは私を捨てないと分かっていたし、もちろんその上で浮気相手とガトウを天秤にかけていた。だから私はメモリーのバックアップを取っていたし、逃げようと思えば逃げられたのに大人しく監禁されていた。復讐と、支配のために。

　ただ単に、生きやすい状況に身を置きたかっただけだった。監禁されている間、私は主張する事が出来た。「あんたが私の責任者だよ」と。そして「もっと甘やかしてくれなきゃまた浮気しちゃうよ」という素振りをして自分を意志の弱いバカな女に見せ、甘やかしてもらう事、大切にしてもらう事、更に借金を重ねさせ、貢ぎ物をしてもらう事を間接的に強要していた。私は浮気発覚事件の間、そういう事を想定し、自分に生きやすい道を選んだだけだった。私はガトウの事が特に好きではなかったけれど、一緒に暮らしている内に、次第に情も芽生えた。浮気相手を捨てて監禁されていれば、ガトウとの関係の中で私の地位と権力が向上するのは分かっていた。もう、ガトウが以前のようにひどい態度ばかりを取る事もないだろうと、分かっていた。意のままに操れると、分かっていた。だから別れないと言い張るガトウと、出来る限り互いに有益な関係であろうとしていたのだ。現に、私は監禁されている間ご飯を作らなくて良かったし、毎週のようにプレゼントをもらえたし、移動の時はタクシーを呼んでもらえた。ガトウは一緒にいる事を強要し、私はその見返りをもらった。私たちはそれで、二人とも幸せだったのだ。でも元カノとメールをしていたのを見て、私は切り札を失った。私が得ようとしていたものは、ガトウが私を求めていればこそ得られるものだった。お前と別れても元カノがいるから別にいいし、ガトウがそういうスタンスで私と接するようになってしまえば、手に入らないものだった。だから、私は慌てた。窮地に立たされた。そして、そこまで私を取り乱させたガトウにも、ひどい扱いを受けていた復讐にも、箱庭の権力闘争にも、もう興味、関心すら失ってしまった。

「何かもうどうでもいいから、別れようよ」

本当に全てがもう面倒だったし、何がどうでも構わなかった。とにかくもう、ここにいるのが嫌だった。私が本気で言っている事に気付いたのか、ガトウは突然手の平を返して謝り、愛してるんだよ、と繰り返した。女特有の被害者的な声と人混みを利用してその場から逃げ去った私は、駆け込み乗車をしてアパートに帰り、高い物と売れそうな物を紙袋に詰め込み、バックアップをとっていなかった新しいメモリーを書き写し、ガトウからの着信を知らせる携帯を宣言通り二つにへし折ると、大きなバッグと紙袋を肩に提げ、新宿に向かった。

何もかもが適当に、何とかなる、そう思っていたし、実際に何もかもが、ある程度適当に、ある程度何とかなった。糸が切れた凧のように、どこまでも飛んでいった。別に私どこまででも飛んでいけるし。そう思うと気分が良かった。ガトウの家を出てからというもの、ふらふらふらふら、落ち着きなく色々な所を転々とした。特定の彼氏を作って同棲をするのももう嫌だった。裏切るとか裏切らないとか、そういう重い話をするのは十年後でいいと思った。とにかく今を楽しくしたかった。今この瞬間酒を飲んでいるという事、今この瞬間踊っているという事、今この瞬間「イェーイ」と皆で盛り上がっているという事、今この瞬間衝動的に「ヤリたい」と思った男とヤッているという事。今この瞬間、今の私にはそれしか興味がなくて、何もかもどうでもいいから今だよ今。そうやって酒を飲み、強烈な紫外線の前で裸になって肌を焼き、男とヤッて、訳分かんないままとにかく「イェーイ」って言う事が重要で、気持ち悪いくらい自分の事しか考えてなくても、それが当然の世界だから、気持ち悪いくらい自分の事しか考えてないなんていう風に、考えもしない。そういう風に生きている事が自然で、当然で、それ以外に自然で当然な事があるなんていう、可能性も考えないまま新宿で放浪を続けた。

それでも何か事件になったりした時は自分の責任、ていう事くらいは分かっていた。責任っていうのは、全て自分の身に降りかかってくるものだったから、バカな私でも納得出来た。知らない人の車に乗ればどこか知らない所に連れて行かれて、ヤクを打たれてレイプされるし、レイプされたらどこかの森に捨てられる。危ない人と酒を飲めば薬を混ぜられて、やっぱりレイプされて、ビデオに撮られて、森に捨てられる。幸い、今までのところ私はそういう最悪な状況に陥る事はなかったけれど、精神的苦痛を引き起こさずとも傷跡が残るくらいの傷はつけられたし、嫌な思いもたくさんした。でも文句はない。自分の責任は全てが体、つまり皮膚とか肉とか内臓とかに返ってくるもので、別に無理矢理ヤク打たれてもレイプされてもビデオ撮られてもビデオ流されても精神的に病んだりとかそういう事はないけど、輪姦されて膣が血まみれになって痛い思いしたり病院行く金が必要になって困ったり後々子供が産めなくなるとかいう事になって、結果的に精神的に病んでいくっていう事はあるかもね。っていうそういう言い訳のきかない生活を、私は自ら進んで選んでいた。学校でも同棲でもなく、何ものにも依存しない頼らない所属しない執着しない、帰りを待つ人のいない凧としての生活こそが、私の望みだった。

放浪生活が肌に馴染んだ頃。新宿東口。私は待っていた。予定時刻よりも十分遅れてやって来たカナが信号の向こうに見え、「うわーい」と声を上げると微かに「いぇーい」と聞こえた。スカウト通りに向かって歩いていくと、「ゴリラ」「水牛」「金魚」「マングース」とナンパやスカウトをしてくる男達をカナがそれぞれ動物に喩える。

「ていうかマングースって可愛いじゃん」

「そう？」

「どう猛なのにリスみたいな顔してて可愛いやつでしょ？」

「え？　ワニを毛むくじゃらにしたようなやつでしょ？」

「ワニが毛むくじゃらってあんまり想像出来ないんだけど」

「顔はチンパンジーみたいな感じで」

「そうだっけ？」

「そうだよ。知らないの？」

「ワニでチンパンジー？」

「そうだよ」

「違うと思うんだけどなー」

　そうだったかなあ、違うと思うけどなあ、そうだったかなあ、そうだったかもなあ。とどうでも良い事を考えながら歩いて、辿り着いたシンディでツナサラダとソーセージをもりもり食らうと私たちは元気一杯で、しつこく指名を受けろと食い下がるボーイと数回戦った後、全戦全勝で一度もおやじの相手をする事なく小一時間で店を出た。出た途端、トイレしたい。と道ばたで無理難題を口にするカナに、トイレしたいって変じゃない？　と大ウケして二人で爆笑しながら仕方なくパチンコ屋のトイレに入った。洗面台に向かって化粧を直しながら、個室に入ったカナにウンコかおしっこか聞くとあり得ないうざい、と怒られた。パチンコ屋を出ようとスロットのシマをとてとて歩いていると、突然カナが発狂したように「うるさーい」と怒鳴ったものだから皆が驚いて振り返った。「うるせえ」と怒鳴り返すと更に注目されてしまい、皆に何こいつら、という目で見つめられながら私たちはパチンコ屋を出た。

カサノブレのドアを開けた瞬間、重たい空気に包まれる。いつもそうだここは地下室だから重くて重くて煙の充満した空気ばっかりだ。それでも私にはどこか安心感がある。恐らく、ドアを開けた瞬間フロアーに飛び出していったカナも安心したのだろう。いつもの熱気。いつものテンション。いつもの酒。いつものノリでフロアー中を踊り回る。珍しくブースに入っているローマンの回すトランスに合わせて皆と奇声を上げてはしゃぎながらくねくねばきばき踊っている内に、体中の血液が一・五倍くらいに膨れあがっているような感覚が襲う。何だこの多幸感！　たこうかーん。叫びながら踊っていると次に恐怖がやってくる。次から次へと毎秒繰り出されるじゃきじゃきしたトランスの音は、毎秒毎秒絶対にこっちの期待を裏切らない。むしろ逆に意表を突く新たな音が突き刺してくる。やばいまずいこのままだとどうにかなるかも！　そんな恐怖で体中が震えて、私の踊りは更に激しくなっていく。次にくる音が恐くて恐くて仕方なくて、次にあの音が来たら心臓発作起こすかも私！　なんて事を考えながら次の音を待ちわびてしまう。何だこの恐怖。きょうふかーん。叫びながら踊っていると足ががくがくした。気持ちいい恐い死にたい！　この私の喘ぎ声よ天まで届け。

というのもやはり最初の一時間で、結果的に私は持久力負けしてボックス席にへたり込む事となった。カナはエイリアンに違いない。ステージに上ってまだ元気に踊り続けているカナを見つめながら思う。

「はい」

トランスに紛れた声に気付いて顔を上げると、両手にジントニックを持ったカズが立っていた。あーありがとー、と言いながらジントニックを受け取ると、一気に半分飲み干した。もう仕事を上がっているのか分からないけれど、カズは私の隣に座り込み、何故か私の尻を触った。

「ねえマングースってどんな動物だっけ？」

「俺大学辞めようかと思ってて」

「何急に。止めて欲しいんだけどそういう気分ぶち壊しな話題」

「真剣に悩んでんだよ」

「辞めれば？」

「張り合いねえなあ」

「マングースって蛇じゃないよね？」

「ほかに取り柄ねーし、もうＤＪ一本で生きてこうかなって」

「辞めなければ？」

「何その言い方？」

「逃げ道とかあった方が良くない？」

「でもさあ……」

え、何？　聞こえない。何？　え？　あ？　何？　と詰問したくなる自分を抑える。大音量のトランスに体中がゆらゆらとしてしまう。乾杯しようと思ってグラスをぶつけると、カズのグラスが倒れた。ジントニックはカズにかすらず床に零れる。動じない様子でグラスを立てるカズの手には安物っぽいクロスのシルバーリング。カズが空になったグラスを差し出す。意味のない乾杯をすると、私は煙草に火を点けて、フロアーから手を振っている、名前は思い出せないけど会った事あるような気がする友達に手を振り返す。

「リンもさあ、いつも新宿ふらふらしてるけど、ある意味逃げ道ないっしょ？」

「別に」

別に何だ、っけ？　と考えている内に私の大好きな曲が流れ始めて体が疼く。

「逃げなきゃいけないものないから」

言うと、抑えきれずフロアーに飛び出す。めちゃくちゃに体を振っていると、飲んだばかりのジントニックが私の血肉になっていくのが感じられた。ああ染みてる染みてるジントニックが私に染みてる染み込んでる！　じわじわじわじわと吸収されていくジントニックは私のエネルギーとなるだろう。私は彼らに感謝するだって彼らは私のガソリンだから！　私の原動力だから！　彼らがなければ私は動けもしないから！　私の力はジントニック。私の命はジントニック。愛すべき私のジントニック。途方もなく気持ちいい音。フロアーは果てなく続く大地。私を神のように見せる黄金の照明。知らない女の子と絡み合って踊っている内にジントニックは汗となった。そして間もなく無限の大地カサノブレの暗雲となり、フロアーを闇の世界へと誘うだろう。

へとへとだ。もう踊れない。いや、もう踊らない。踊りたくもない。カナはいつの間にかいなくなっていて、私を介抱してくれる予定だったカズは深夜三時頃に色々ありがとな、という遺書のような台詞を口にしてから眠い、と一言付け加えて消え失せた。VIP室で寝ようと思って行ってみたらローマンが寝ていて、ローマンとは絶対にヤリたくないため仕方なくカサノブレを出る。空は青いのになんか薄暗い。という明け方特有の清々しいような陰鬱としたような何とも言えない空気を吸い込むと、どこで寝ようかと考えながらよたよたと歩く。どうやらジントニックはまだ完全に雲となってはいないようで、何やら体中で蠢いているようだ。私が真っ直ぐ歩けないのは、そのせいだろう。ビョッコか、ランちゃん家か、あるいはカズをたたき起こすか、ととりあえず三択にしたは良いものの、ランちゃんはどうせ男連れ込んでるだろうから、とカズに電話を掛けると留守電に切り替わった。じゃあランちゃんで、と電話を掛けると電波が届かなかった。今日は絶対柔らかいベッドか布団で寝たいビョッコの狭いソファは絶対嫌絶対に！という望みが絶たれそうな事にげんなりして立ち止まると、その場に座り込んだ。ああもう、このままここで寝てしまおうか。アスファルトに手を当ててその冷たさを確認していると、奇声が聞こえた。さすが歌舞伎町。朝まで酔っぱらいの奇声が絶えないね。でも私にはもうそんな元気はないよ。ごめんね歌舞伎町。また奇声が聞こえ、その奇声が近くなっている事に気付いて振り向くと、一人のイラン人らしき男が立ちつくしていた。浅黒い肌に映える白いワイシャツと、カーキのよれよれコットンパンツが、私が彼をイラン人と思った理由かもしれない。

「え？」

自分の五メートルほど後ろで立ちつくされている事に何かしらの不穏な空気を察し、思わず零れた声に答えるようにして、また男が声を上げた。私が奇声だと思っていたのは、どうやら奇声ではなくどこかの外国語だったらしい。男のせっぱ詰まったような表情に気圧されるものの、何がしたいのかも何を言っているのかも何でそんなに必死の形相をしているのかも分からない。いつもだったら無視していたところだったけれど、その彼の見開かれた瞳から、私は目が離せなくなっていた。

「何？」

自分がしゃがみ込んでいる事に間抜けさを感じ、きりきりと痛む膝を労るようにしてゆっくりと立ち上がるものの、男の手に光るものを見て痛みが飛んだ。ナイフじゃんあれナイフじゃんどうしてナイフ持った男が私に話しかけてくんの？　混乱したまま、わけが分からないまま、とにかく身の危険を察知した体が勝手に走り出す。また後ろから奇声が聞こえて、振り返ると男はやっぱり私を追っていた。しかもそのナイフは明らかに私に向けられていて、男は明らかに私を獲物としていた。私たちの距離はおよそ七メートル。いつもは人通りがあるはずなのに何でどうしてこんな時に限って私一人だけなのどうして！　振り返らずに走った方が早いと知っているのにどうしても男を振り返ってしまう。やばいやばいやばい。振り返るな刺されるぞもっと走れ走れ走れ振り返るなもっと速く走れ。男の足音が耳に届いて脂汗が滲み出る。ああああもっと速く。速く走れ私。本当に死んじゃうぞ。ていうかどうして私こんな目に遭ってんの？　どうして私走ってんの追いかけられてんのしかもナイフ持った男に！　ああもうこんな事なら大人しく刺されてた方が話が早かったのかもしれない。走らずにあのままじっとしゃがみ込んでて男にぐさりとやられればこんなに走ったりこんなに苦しい思いしたりする事もなかったのに。どうして私走ってんだろどうして。ていうかもう足が。足が動かない。だってさっきまであんな踊ってたんだもんもう動かないよねえちょっと誰か助けて。お願い誰か助けて。振り返ると男との距離はおよそ五メートル。駄目だこのままじゃ追いつかれる。どうすんのどうすんのどうしたらいいの！　大通りが見えてくると、同時にタクシーを停めようとしている三人組のサラリーマンが目に入り大声で叫ぶ。たーすーけーてー。助けてくれたら一生肉奴隷としてあなた方に奉仕し続けます。そんな気分だった。

15th winter

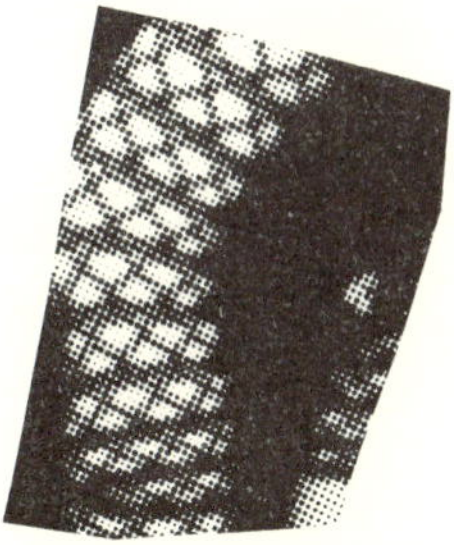

「やあだ。帰らない」

「もう門限過ぎちゃってるよ」

「過ぎちゃったから帰りたくないんだもん」

「帰らなかったらもっと怒られるよ」

「じゃあにゃんこも一緒に来て」

「そんな事したらもっと怒られる」

「じゃあやっぱり帰らないもん」

「ヒロくんちにいるから、リンも後でおいで」

「……うん」

にゃんこの頬にキスをすると手を振った。家の方向に歩み出して、一度だけ振り返る。

やはり、鈴木さんちの塀の上には生首。ものすごく愛おしい人が、生首をバックに手を振っている。その光景の何と、不思議な事。

生首を見るようになってどれくらいが経つだろう。子供の頃から、時折もやのような物体を発見する事があり、成長するにつれて次第にそれが生首の形になっていった。ような気もするが、実際のところはよく分からない。ある日突然見えるようになった。という話でもいい。私にとって、生首が見えるようになった経緯などどうでもいい。どちらにしろ生首は私に危害を加えないし、生首が見える事によって私に何らかの問題が生じているわけではない。生首は私の日常に組み込まれているだけだ。きっと私は自然に、流れるようにそんなシステムになったのだろう。

今日に限らず、私はいつもにゃんこの言う通りにする。どんなに自分の方が正しいと思っていても、にゃんこの言う通りにする。にゃんこの言う正しさが、私の基準となる。本当のところ私は、門限を過ぎた家に帰るくらいだったら、このままにゃんこと逃避行をして、永遠に一緒にいるのが正しいと思っている。

がっつん。ドアは鈍い音をたて、思い切り取っ手を引っ張っていた私は腕に強い衝撃を感じた。十センチほど開いた隙間から家の中を覗いてみるけれど、飼い猫のドゥマが不思議そうに私を眺めているだけで、人の気配はなかった。とはいえ、チェーンがかかっているという事は中に人がいるという事だ。頭の悪いドゥマがこのチェーンをかけられるとは思えない。しかし……。と一瞬考えてドゥマを手招きする。ドアの隙間から手を差し込み、くいくいと指先を揺らすとドゥマの目がどんどん殺気だっていく。足をもじもじとさせて今にも飛びかからんとするドゥマ。蘇れ、ドゥマの野性。少しずつ指を上げてチェーンまで飛びかからせるつもりだったけれど、腰の辺りまで指を持ち上げたところで突然「そこは管轄外です」という表情を浮かべ、ドゥマはそっぽ向いてしまった。インターホンを鳴らしても電話をかけても反応はなく、パパの部屋の灯りをしばらく見つめてから、私は門を出た。私が門限を破るのにはいつもそれに足るだけの理由があるというのに。こういう暴力的なやり方をされるとは思わなかった。

パパもママも、いい大人のくせして忍耐力がない。私の人生は我慢だ。我慢する事でこの十五年と数ヶ月を生きてこれた。基本的に私はにゃんこと一緒の時間以外は我慢している。一人で過ごす時間すら、我慢している。自分の部屋で、ソファに座ってぼんやりとする事だって、友達とメールをする事だって、机に向かって本を読んだり勉強をする事だって、ただ煙草を吸う事だって、全て我慢だ。全てが嫌だ。でもする。にゃんこの生きている世界は、生きるに値するからだ。私はにゃんこと出会うまで、ずっと我慢をしていた。ほとんど生きている意味もなかった。我慢イクォール生きる事で、そんなつまらない事この上ない人生にほとほと嫌気がさしてもいた。犬を見ては自分がその犬に食い殺される妄想をし、煙草に火を点けては自分が火だるまになる妄想をし、空を見ては飛行機が自分の脳天に追突する妄想をし、箸が転べばおかしいと思った。箸が転ぶ？　いや、箸を見てはその箸が自分の首筋に突き刺さっている妄想をした。小学校に上がった頃から、私は自分の死のイメージだけをし続けていたように思う。担任の先生に殺される妄想をしては学校に行くのをやめ、ピアノの中に隠された自分の死体を妄想してはピアノのレッスンに行くのをやめ、ママの目の前で複数の男たちにレイプされ殺される妄想をしてはママを避けた。はっ。全く痛い女だな私は。でも私はにゃんこと出会い、我慢からの解放を知った。我慢しないでいられる場所が、この世に存在するなどと考えもしなかった私は、にゃんこと出会った瞬間からその解放感に身を委ねる事ばかりを考え続けて生きている。はっ。全くセンチメンタルで痛い女だな私は。

「今すぐ迎えに来て泣いちゃう」

考えている事とは裏腹に癇癪を起こして言ってしまう。しかし、考えている事と言葉と、どちらが正しいのかと言えば言葉かもしれない。考えている事は自分の中にしか存在しない。自分のものでしかないもの、それは世間的に見て何だ。価値のないものだ。しかし私は世間的な視点を持っていないため、やはり考えている事の方が正しいような気もするが、結局のところ私は今、今すぐにゃんこに迎えに来てもらわなければ泣いてしまうだけの女だ。どちらが正しいとか、そういう話じゃない。

泣きながら大通りまで歩き、交差点に到着すると、私は手押しの信号の元で泣きながらにゃんこを待った。ものの五分もしない内ににゃんこは戻ってきて、しゃがみ込んで泣いている私の頭を撫でた。

「閉め出されたの」

「誰も出てこないの？」

「どうしていつもいつも私だけが悪者なの？　皆は好き勝手に、自分の気持ちを優先させるくせに、私だけが我慢してるのに、どうして私が悪者なの？　ひどいよ皆ひどい」

「泣かないで」

立ち上がらせてくれたにゃんこの手を握ると、にゃんこは黙ったまま私を抱きしめてくれた。ああ今、私たちに朝一番のサーカスへと急ぐピエロの運転する軽ワゴン車が暴走して突っ込んできたら、私たちは抱きしめ合ったままの形で死体となり発見されるのだろうか。ピエロは抱きしめ合った私たちの上に乗って、玉乗りをするだろうか。私たちは抱きしめ合ったままごろごろと、このアスファルトを転がるだろうか。ピエロの着る激しい色彩の服が、目に眩しい。ねえピエロ。誰もあんたを憎まない。幸せの最中にある二人を轢き殺したところで、誰がその責任を問うだろう。刑務所に入ったって、あんたはピエロだから人気者。

私たちは誰にも轢き殺されず、ヒロくんのアパートに到着した。ヒロくんはヒロくんの顔をしている。ヒロくんという名前がぴったりの縦長の顔。はっはは一。という笑い声が彼の特徴で、それ以外に特徴があるとすれば、左頬のケロイド。彼の左頬には根性焼きの痕がある。人にやられたのか、自分でやったのかは分からない。ただ、そのケロイドは彼のどんな表情も間抜けに見せる。間抜けな顔の人を、間抜けな顔、というだけで間抜けだと思うのは良くないと思いながらも、彼の間抜け性は全てそのケロイドにかかっているような気がしてならない。にゃんこから雀荘で仲良くなった友達、と初めてヒロくんを紹介された時、私はケロイドが気になって仕方なくて、ろくに挨拶も出来なかった。ヒロくんのケロイドには、そういう力もある。

テレビゲームをやって遊ぶにゃんことヒロくんを見ながら、ぼんやりと煙草を吸った。ヒロくんが出してくれたビールはあまり冷えていない。ローテーブルに肘をつき、脇に置いてある小さなスタンドミラーに顔を映す。巻きが甘い……。髪の毛をくしゃくしゃと丸めながら、ミラーの隅に貼ってあるシールに注目する。今、にゃんことヒロくんがやっているゲームのキャラがプリントされている。まったくヒロくんは二十四だというのになんて幼稚な趣味なんだろう。いや、それを言えば、毎日毎日死を想像している私だって充分幼稚だ。分かっている。具体的な死をイメージするのではなく、ピエロの軽ワゴン車に轢き殺されたり、猛獣使いが操る猛獣に食い殺されたり、綱渡りダンサーに綱渡りをさせられて落下死したり、そういう想像をしている私は少しも大人じゃない。でもじゃあ、具体的な死とは何だ。病院のベッドで老衰死か。交通事故か。通り魔殺人か。私は少なくともそんな死に方はしない。何故かって、それは私の思い込みだ。しかし私は、私の思い込みを人に話さないから、誰も私の死の想像に口出しなど出来ないのだ。そういうスタンスの私に、口出しをする者はいるかもしれないけれど。

「リンもやらない?」

ヒロくんが、暇そうにしている私に気付いたのか、唐突に声をかけた。あの縦長の顔がこの鏡に入りきるのだろうか。鏡を見つめたまま「んーん。いい」と答える。リンは下手だから。というにゃんこの言葉が聞こえる。下手じゃないもん。そう強がってみせようかと思ったが、ばかばかしくなって口を閉じた。私はゲームが下手だし、下手じゃないと強がったところで上手くもならないし、特に上手くなりたくもない。私が強がってみせようか、と思ったのはそういう事を言っている可愛い自分に酔いたいと思ったからだ。しかし今更かわいこぶったところで私の手首は傷だらけで、にゃんこもヒロくんもそれを知っている。私はよく語尾に「もん」をつけるが、それも周りからしてみればうざったい、という事を自覚した上での「もん」だ。じゃあ何故「もん」をつけたり、強がってみせようかと思うのかと言えば、そういう自分が好きだからだ。私はへらへらして舌っ足らずな喋り方をして彼をにゃんこと呼んで子供ぶっている自分が大好きだ。しかし私は一人でいる時にへらへらしないし、ある程度はきはきと理路整然と話をする事が出来るし、彼の名前はにゃんこじゃない。そうそれは自己満足のための偽りだ。そういう事をしている自分に、飽き飽きする事もある。どうせ、手首に傷のある女が何をしたってどう足掻いたって、可愛くないのだ。しかし、可愛さで売れなくなった私は逆に生きやすくなったように思う。私は諸行無常の世の中、痛い女、という目で見られている方が都合が良かったりもする。私はそのために手首の生傷を絶やさないようにしてるんだもん。というのは嘘だが、そういうスタンスでありたい私の気持ちを、この世に生きる全ての人に察してもらいたい。

煙草を灰皿に押しつけるとぱちぱち、という音がして嫌な匂いが漂う。灰皿に何本も髪の毛や陰毛が入っている。きっとヒロくんが、私たちが来る前に付け焼き刃の掃除をしたのだろう。数年前、友達の家に麻雀を打ちに行き、箱に並んでいる麻雀牌の間に陰毛が挟まっているのを見つけた時の事を思い出した。陰毛を何千本飲んだら、人は死ねるんだろう。いくら飲んでも死なないだろうか。いや、喉に詰まらせて死ぬ事はあるかもしれない。内臓に陰毛が絡まり、何らかの障害を発症する可能性もあるかもしれない。そういうばかしい死に方も、私が憧れる死に方の一つだ。これからは、毎日布団に残っている陰毛を集めてみようか。でも私が飲むのは自分とにゃんこの陰毛だけだ。それだけは譲れない。

朝七時、ヒロくんは「鍵はポストね」と言い残して仕事に出かけた。私とにゃんこはそのまま昼まで寝続け、カーテンの代わりとして窓に掛けてある毛布の隙間から差し込む日差しで目覚めるとだらだら起き出し、一度セックスをした。人の部屋でセックスをすると気分がいい。外でするのも気分がいい。自分たちがその場所を征服したような気分になる。私たちは色々な場所でセックスをしてきた。私の初セックスは公園の滑り台に手をついての立ちバックだった。セックスほど好きな事はない。初めてセックスをした時からずっと、セックスを重んじて生きてきた。にゃんことセックスをしている時、それが私の至福の時だ。

結果。私は昼過ぎにヒロくんの部屋で発作的な不安に襲われ、泣く泣く家に帰る事となった。ピルケースを家に忘れていたのだ。薬がないの。急に泣き出してそう言った私に、にゃんこも家に帰れと言ったし、薬がないと分かった時から、私もそうしなければならない必然性に薄々勘づいていた。私は薬なしでは真っ当に日常生活を送れない。薬に依存しているという事自体が悪い事だとは思わない。私は、煙草がなくても真っ当に日常生活を送れないし、酒もセックスも然りだ。ただ、こういう時だけは、自分の依存体質が憎くて仕方ない。

昨日と同じ場所でにゃんこと別れると、同じように家のドアを開けた。同じようにがっつん、という音をたてるドア。インターホンを鳴らしても、ドアを叩いても蹴ってもバッグを投げつけても薄く開いた隙間から小石を投げ込んでも、反応はなかった。薬がない不安感、そして苛立ちが募り自分の抑えが利かなくなっていくのを感じた。開けろこらてめえ殺すつもりかてめえ！　警察呼ぶぞこら！　ドアを蹴りつけて怒鳴ると、チェーンを掛けたままのドアが薄く開き、ご近所に迷惑でしょ、というママの困ったような声が聞こえた。

「ねえママ。お願いだから薬だけ取らせて。取ったらすぐに出て行くから」

泣きそうな声で言うと、奥から「開けるなよ」というパパの声が響いた。どうやら怒っているのはパパの方みたいで、いつもは子供に干渉しないくせに、門限を守らなかったくらいでそんなに激昂している事に違和感を持った。ドアを閉められないように、押し売り商人のように爪先をドアの隙間に挟むと、そこから手を差し出して「お願い薬だけ」とママにだけ聞こえるように小声で言った。ママの眉間に皺が寄る。だからママはブスだ。写真で見た、皺がない頃のママは可愛かった。その面影を失った今となっては、そんな過去の事実など何ら意味を持たないが。

「パパに聞かなきゃ」

またママの困ったような呟きを聞いて、私は望みが絶たれた事を知った。

「この野郎薬出せっつってんだよ今日私が自殺したらてめーらのせいだぞこの娘殺し！」

猫の額の庭で私が変死している所、私が塀にお腹をくいこませ、二つ折りになって死んでいる所、私が雨どいに紐をくりつけて首つりしている所。色々な想像が頭に浮かぶ。ああ私はこの人たちのせいで死ぬのだろうか。何故だ。私は生まれてこの方ずっとこいつらの離婚しない言い訳に使われ、こいつらに利用されるだけ利用されて生きてきたというのに。こいつらは、少しくらい私に敬意を払うべきではないだろうか。お前らの精子と卵子をここまで高尚なものにしてやったのは私だぞ。価値のない、本当だったらティッシュ行きの精子と卵子から、ここまで価値のある体を作り上げたんだぞ。それもこれも、私が自分の意思で物を食べ、排泄を続けてきたおかげなんだぞ。その私に、何だその態度は！　まあそんな事を言ったところで、あんたは私たちの稼いだお金と庇護の下に育ってきたのよ、と返されるに決まっているのでそういう自分本位な事は言わない。まあ、その自分たちのおかげでここまで成長した、というのは親側の持論であって、私があんたたちの無価値な精子卵子をここまでにしてやった、というのは私の持論であって、そんな私たちが話し合ったところで言葉が通じないに違いないため、私はそんな無為な論争はしない。何しろそんな論争は面白くない。ユーモアでちょっとばかし話を面白くしたとしても、どうせ通じない。私は昔からたくさんの大人と話し合いを続けてきていたけれど、ただの一度も分かり合えた事などなかった。

ドアを開けさせるために一番有効な手段を取ろうと、ただただ泣き、怒鳴り、わめいていると、ご近所の迷惑を考えたのか、パパの了承を得ないままママが慌てたようにチェーンを外した。勢いよくドアを開けるとママを押しのけてリビングに上がった。リビングのどこかに置き忘れたはずなのに、ソファにもテーブルにも椅子にも棚の上にもピルケースはなかった。パパがやって来て、私を睨み付けた。睨み付けてどうするの？　殴ればいいじゃんムカついてるなら殴ればいいじゃんあんたどうせ子供に手ぇ上げられないんでしょ。とバカにした目で見つめ、部屋に置いてあるストックの方を取りに行こうとすると、パパがそれを手で制した。

「お前ら私を殺す気か。人殺し。ああもう、もうっ、死ぬっつってんだよ死ね」

叫んでいる内に体が震えだした。久しく薬を抜いていなかったためか、絶望のためなのか分からなかったけれど、とにかく今にも崩れ落ちてしまいそうな震えだった。

「薬渡して出てってもらえばいいじゃない」

ママが助け船を出す。最後の最後まで意地を張らず、最後から二歩ほど手前の辺りで折れる彼女が、私は好きだ。そうそうその通り大人しく渡せばいいの。でないと私あんたたちの事殺しちゃうよ。私ずっとあんたたちの事憎んでたから、絶好のチャンスになっちゃうよ。ねえ、殺しちゃうよ。嘘。それは嘘。私殺さない。私は殺したいほど人を憎めない。そんな気力とうの昔に失ってしまった。私は羨ましい。人を殺したいほど憎しみを持てる人が。そんな気力どこから出てくるの？　って疑問だ。それくらいの気力があれば、私だってもっと前向きに生きられるに違いないのに。

「駄目だ」

普段の優しくて温厚なパパからは想像もつかない無慈悲な言葉に驚く。どうして何で？このままだと私パパの事憎くないのに、薬を獲得するために、自己防衛のためにパパの事殺しちゃうかもしれないよ。ねえ私パパの事憎くないのに、身を守るために薬のために、憎しみによる殺人や新しい経験としての殺人みたいな前向きなものじゃなくて、薬のため自分のため、なんていうずっとずっと後ろ向きな殺人しちゃうかもしれないよ。呻きながら体を折った。どんどんと二つ折りに近づいていく私の体。薬出せこの野郎！　怒鳴るとすぐに力が抜けていく。お願いだから薬をください。呟くと怒りが増長する。薬出せっってんだよ殺すぞこら！　怒鳴ると、また力が抜けていく。お願いです薬をください後生です。呟くと怒りが増長する。ママが見かねたようにキッチンに向かったのを見て、やめろ、とパパが怒鳴る。瞬時に起き上がると駆けだして、キッチンに立つママを突き飛ばすと、ママの手の先にあった棚を開いた。部屋に置いてあったはずのストックがどっさりと置かれている。一回分の服用薬を小分けにしてあるビニール袋の束をがさりと摑むと、キャミソールの下に押し込んだ。ぽとりと床に落ちた、切り分けてある一袋を口の中に入れると、また駆けだした。玄関でパパに手を掴まれたけれど、パパがキャミソールの下に手を伸ばさないのを私は知っている。

「どうしてルールを守れないんだ」

パパの怒鳴り声は、どこか悲しげで、怒りの余り顔を強ばらせているパパはそのまま泣いちゃうんじゃないかと思った。パパが泣いてしまったらどうしよう。その瞬間ママも私も困り果てるに違いない。でもパパは絶対に泣かない。私はパパの涙を見た事がないし、これからもあるとは思えない。ママはいつも泣くけれど、それは大抵パパの愛人問題のせいだ。泣かないパパはママを泣かせる。もしかしたら、ママはパパの代わりに泣いてるのかもしれない。何でだ？　ママがパパの代わりなどするはずない。ママはママで、パパはパパだ。一緒に暮らしていても、彼らは一体化しない。それはとても悲しい事だ。私はこれからずっとにゃんこと一緒にいて、いずれは一体化する方針だ。でも、もう何十年も一緒にいる彼らが一体化していないのを見ると、望みが叶わない可能性を疑ってしまう。私は口の中のビニール袋をもごもごとさせた。ママは泣いている。ママの涙はもう見飽きた。ママの涙は嫌いだ。私が小さい頃、ママはしょっちゅう泣いていた。やっぱりパパの愛人問題で泣いていたのだと思うけれど、子供には、浮気をされている女に同情するような、複雑な感情システムはない。だから私は、いつもいつも彼女の涙とヒステリーに悩まされながら、女のメカニズムについて考えてばかりいた。嘘だ。私は彼女の涙とヒステリーに悩む事などなかった。ただただいつも、八つ当たりと夕飯が心配だっただけだ。

どうして私は嘘ばかりなんだろう。私の頭の中を覗く人なんていないのだから、一人で考えている時くらい正直になればいいのに。どうしてこうもひねくれているのだろう。私は知らない人と目が合うと、自分の考えている事が全て相手に伝わっているような気がして、わざと変な事を考える事が多い。例えば電車の中で向かい合った人と目が合うと、明日はラグビーの練習があるからアイスティーはミルクじゃなくてレモンにしようかなー、と思いきややっぱりアイスコーヒーの生クリームのせ、的な事を考えている老人がベンチに座り、蛇を見つけてぎっくり腰、救急車を呼ぼうにも携帯を持っていない老人はそこで変死して、それを見つけた子供がアイスティーを片手に、ああアイスコーヒーだったっけ、と首を傾げる。などと考える。信号を渡りながら信号待ちをしている車の運転席に座っている人と目が合うと、あーあ帰ったら宿題やらなきゃなあ、終わらなかったらリコーダーをマンコに突っ込まれちゃう、お願いだからグリースを塗ってと頼むと、先生は気分を害してあつあつのソーセージを私のマンコに……と思ったら入れなくて、はふはふしているからああ食べるんだと思ったらおっとその前に、っていう感じで生クリームを唇に塗ってソーセージにかぶりつくと、チョリソーだった！と驚いて私を睨み付ける。などと考える。この、わざと変な事を考える癖はいずれ直さなければならないと思っている。しかし、無意識的に考えている事を意識で制止するなど、バカげている。そんな事をしてしまったら、何か私のいい所まで失われてしまいそうな気もする。だからきっと、直さなければならないという考えも、本当は嘘なのだろう。きっと私は、こうして変な事を考えている自分が好きなのだ。

かしししししし。玄関から見上げると、ドゥマが階段の踊り場に置いてある壺にしがみついていた。え、何で？と思った瞬間壺が音をたてて倒れ、ドゥマは飛ぶように逃げていった。多分、ドゥマは階段の手すりから落ち、必死にあの壺にしがみついていたのだろう。ママとパパが、綺麗に真っ二つに割れた壺を見ている間に、私は口の中で唾液まみれになったビニールを破き、中の薬四つを飲み干した。手と顔が唾液と涙に濡れて熱くなっていて、お風呂上がりのようだった。キャミソールの下に押し込んだビニール袋が、ブラジャーをしていない胸に擦れてこそばゆい。

あなたたちは私が末期の癌患者だったとしてもモルヒネを取り上げるのか。あなたたちは私が自分の病気に苦しむ中、薬によって何とか平常心を保っているという事実すら認めていないのか。私が仮病を使って医師から薬を騙し取っているとでも思っているのか。冷静さを取り戻したパパとママと向かい合いそう糾弾したけれど、ママもパパもそれを無視して、自分たちが言いたい事だけを一方的に喋った。とにかく十二時までには帰る事、毎日のように門限を破るのは止めなさい、毎日のようにクラブやゲームセンターや友達の家に入り浸ったり、彼と遊び回るのは止めなさい、学校のホームルームのように意味のない話し合いだったけれど、ぺりぺりとマニキュアを剝がしながら適当に頷いた。

左手の小指と人差し指のマニキュアが完全に剝がれた所で解放された私は、やっと一人で部屋に戻る事が出来た。バッグをソファに投げつけると、にゃんこに電話をかけた。薬飲んだよ。そう言うとにゃんこは良かった、と一言呟いて、今日は久々に大学行く事にした、と続けた。すぐにゃんこに会いたかったのにとぐずると、授業が終わったらまた行くよ、と言われて渋々了解した。私は学校に行かない。でも高校に入学が決定している。中学を卒業したら、私は高校に行く。十六になったら女は終わりだ。そう思っていたのに、私は今年の夏には十六になる。これからは、十八になったら女は終わりだ。そう思う事にしよう。だって今の私は全然終わっていないし、あと半年で終わるとも思えない。十六になったら結婚が出来る。いつか、私はにゃんこと結婚するだろう。

出窓の縁に座ると、机の上に手を伸ばして灰皿を取った。煙を吸い込むと全身がスモーキーカラーになったような気分になる。燻っていくような気がする。曇っていくような気がする。窓を開けて、煙と冷たい空気を同時に吸い込む。眉間に力が入る。何故だろう。時々、今自分が思っている事やっている事信じている事が、誰かからバカにされているような気がするのだ。窓から空を見上げると、電柱のてっぺんに生首が見える。目を見開いた落武者が、じっと私を見つめている。小さく手を振ったけれど、彼は微笑まないし、手がないから手も振り返せない。可哀想……。落武者が？　それとも電柱に登る事の出来ない私が？　可哀想な落武者を見つめている私が？　出窓に寄りかかって煙草を吸っている可哀想な私を見つめる落武者が？　あるいは二人の視線の交錯が？　それとも空から見た二人の姿形が？　それとも地上から見上げた二人の姿形が？　ねえ落武者。何が正しいの。目で問いかけて、また嘘をついている自分に気付く。本当は何も可哀想じゃない。私はただ何となく何かを「可哀想……」と、そう思いたかっただけだ。

にゃんことヒロくんとアキトくんと賭けポーカーで、プラ二千円。その金で二本入りの妊娠検査薬を買って、公衆トイレで尿をかけた。手に尿がかかったけれど、その事に何の感想も抱かないまま検査薬をトイレットペーパーのホルダーに置き、手と陰部を固いペーパーで拭く。パンツを下ろしたまましゃがんだ姿勢で一分待って、浮かび上がった印と説明書を見比べた。トイレの便器に顔を突っ込んで死んでいる私、トイレットペーパーを飲み込んで窒息死している私、あ、そう言えば陰毛集めるの忘れてた。とあれこれ考えたりして、結局五分ほどトイレに籠もっていたけれど、全てのトイレに入る人がするように、トイレを出た。ベンチに座って待っていたにゃんこに検査薬を手渡すと、できてる、と言って嗚咽しながらその場に座り込んだ。にゃんこはすぐに私を隣に座らせて、さっきまで私がしていたのと同じように、検査薬と説明書を見比べた。さっきまで私の陰部から放出される尿を受け止めていた検査薬が、今にゃんこの手の中にある事が、私を妙な気分にさせた。プラスの印を見た瞬間、もう何も考えられないと思っていたけれど、私が尿をかけた検査薬が今にゃんこの手に……などという事は考えられるという、自分の都合の良さに辟易する。私の尿を含んだ検査薬がにゃんこの手に、にゃんこの手に、にゃんこの手に……。本当はそんな事どうでもいい。だって私はにゃんこに放尿する所を見せた事もあるし、にゃんこに尿をかけた事だってある。尿というのは、私にとってそんなに違和感を持つような事物ではないはずだ。私は見たくない。赤ちゃんがお腹にいる世界を見たくない。でも見なきゃいけない。こんなにも受け入れがたい世界があるだなんて、知らなかった。こんなにも情け容赦ない世界が存在するだなんて、考えた事もなかった。私はいつも現実的でない想像ばかりしている……などと冷静な振りをして自分を鼻で笑っていた頃の世界とは全くわけが違う。世界？　などと不思議そうな顔でとぼけていた頃の世界とは全くわけが違う。世界ってあれでしょマンコに宿ってるアレでしょ？　と勘違いしてみせていた頃の世界とは全くわけが違う。今私が見ている世界は、今までの世界とは何もかもが違う。今までの私には、生首のある世界、にゃんこと二人の世界、そういう世界しかなかった。そういう世界だけを選び取って生きていた。それなのに私は強制的に赤ちゃんがお腹にいる世界に引きずり込まれた。そうまるで、いきなり拉致されて手足を切り落とされ肉奴隷として売られるような、地球上に生きる自分以外の人間を全て惨殺されるような、ある日突然わけも分からず火星に飛ばされるような、そんな手ひどいやり方で。にゃんこも現実に目覚めただろうか。涙で目が曇ってしまい、拭いても拭いても涙が溢れてしまい、にゃんこの表情を確かめる事が出来なかった。ねえにゃんこ。にゃんこ。盲目になったように闇雲に手を伸ばすと、にゃんこは温かい手で私の手を握った。

「まだ百パーセントじゃないんだよね？　もう一回、二、三日待ってから、もう一度検査してみよう」

ベンチに座り込む私たちを訝しげに眺める中年のおばさんと目が合った。私は今泣いている。子供が出来て、どうして良いのか分からずに泣いているのを悟られまいと考える。私は何故、突然自分が禿げる想像をして泣き出してしまったのだろうと訝しがる事に意味はなくて、本当のところは陰毛を集めてカツラを作りたいという思いが最初にあって、じゃあまず冒険に繰りだそうなんつってアドベンチャー仕様の私、あんた、って準備をしてだね結果的には選挙で落選みたいな？　とどのつまりは資金繰り……。

にゃんこの腕の温かさに脱力すると、止まりそうもなかった考えが止まり、私はおばさんから目を逸らしてにゃんこの胸に顔を押し当てた。ねえにゃんこ。にゃんこ。どうなっちゃうのかな。私どうしたらいいのかな。そう言いながら、きっと私はそんな事を聞きたいんじゃないんだろうと思っていた。本当は、にゃんこはどうしたいのって、聞きたいんだろうって。じゃあ何でそんな事を聞いたのかっていったら、きっとにゃんこに道を決めてもらって、責任は全てにゃんこに押しつけようとしていたんだろうって。そう思ったけれど私はそれを認めなかった。認めたくない事は認めない。そうやって生きてきたけれど、今回ばかりはそれが通用しない事も分かっていた。それでも私はやっぱりそれを認められなかった。そうやってとか、それがとか、それをとか、あれそれこれどれって、言い換えてるのも私がそれらをきちんと認めたくないからだ。私は言い換える事によって、この世界からどうにか脱出したいと目論んでいる。そんな事出来ないと、知っているのに。そんな事？ そう。脱出したくてしたくてたまんない。

二日後、家のトイレで二度目の検査をした。再びプラスの印を浮かび上がらせた検査薬を持って部屋に戻り、にゃんこに手渡すと、にゃんこも私も黙り込んだ。二日間、私は永遠に止められないだろうと思っていた薬を絶っていた。それでも何故か、私は取り乱したり発作的な悲しみや不安や恐怖に襲われる事はなかった。薬に依存していた部分を、お腹の赤ちゃんに依存させていたのかもしれない。そう、私は気付いていた。私は既に、お腹の赤ちゃんに依存し始めていると。わけが分からない。薬が精神を安定に導いたり、鬱の抑制をしてくれるのは分かるが、赤ちゃんが私を精神安定に導いたり、鬱を抑制してくれるはずないというのに。ママとパパがしていたように、赤ちゃんを癒しの小道具として使うには、あまりにも気が早過ぎると知っているはずなのに。

「大学、卒業したいんだ」

「何の話？」

なんのは、まで言った所で理解した。つまりにゃんこは堕胎を望んでいるのだと。それでも最後に尻上がりの「なし？」をくっつけたのは何故か。理解したくなかったからだ。認めたくなかったからだ。私にはいつも、無駄が多い。無駄な言葉や考えを続けてばかりだ。「なし？」をつけなければ、その二文字分にゃんこと多く語り合えたというのに。そして何よりも、こんな無駄な事を考えているのが一番無駄だ。

「一応、学校は卒業しておきたいんだ」

「一応ってなあに？　とりあえず大学を卒業したいっていう事？」

また、分からない振りだ。大体、「一応」と「とりあえず」は同義語だ。にゃんこの、子供を堕ろしてもらいたいという意思だけ分かればもう充分だというのに、それなのに私は自分で自分の生傷に指を突っ込む。爪をたて、肉を引っ掻く。爪を食い込ませ、脂肪を掻き分け、何かをえぐり出そうとしているかのようにぐりぐりと傷を広げる。何も出てこないよ。知ってるよ。

「卒業、したいんだ」

「どうして？　子供が出来たら産んでって言ってたじゃん。どうして？　嘘だったの？」

常套句だね。こういうセンスのない女のセリフを自分が口にする事になるとは思っていなかったよ。口にしたくなかったよ。でも不思議だ。どうしてにゃんこは子供が出来たら産んで、などと言ったのか。何故嘘をついたのか。私はまた分からない振りをしている。本当は全然不思議じゃない。にゃんこの気持ちになって考えてみれば分かる。にゃんこは多分、私を喜ばせるため、あるいは気ままにセックスをしたいためにそう言った。あるいはその両方かもしれないし、あるいは、本当に産んでもらいたいと思っていたけれど、実際に出来たら怖じ気づいたのかもしれない。まあそういう、どっちにしろ下らない理由に違いない。そういう、下らない理由で、にゃんこは大学に行きたいと自己主張をした。人間の心理はもっと入り組んでいる？　のだろうか。そんなに単純なものではないのだろうか。私はそんな複雑さ認めない。人を殺す複雑さなど、認めない。

「もちろん決定権はリンにあるよ。でも、俺は責任を取れない」

「何それひどい」

どうしてなの？　どうして？　ひどい！　どこかで堕胎する理由が出来た事に安心している自分がいて、そんな自分を押し隠そうと、そうやってにゃんこを責めた。怒鳴り続け、喉から発火して死ぬ私。涙を流し過ぎ、枯渇して死ぬ私。茫然自失となり、餓死する私。想像していると何も考えられなくなった。何も考えられなくなったのをいい事に、私は束の間の平静を手に入れようと意識的に黙り込んだ。視界の端に映り込むにゃんこの顔。前のめりになって座っているために私の視界の端にはにゃんこの頭しか入っていない。にゃんこも生首だ。世界はみんな生首だ。世界は生首で出来ている。木だって掘り起こせば根っこには生首があって、車だって生首の骨を加工して作られていて、マニキュアだって生首から取り出した脳みそを溶かしたもので、本だって生首の皮で作られている。どうして、私は全てが生首だと思いたいんだろう。そうする事で、私に何のメリットがあるんだろう。世界は、時折見える生首と同じだけの価値しかないと思いたいのだろうか。じゃあ世界が生首と同じだけの価値だったとしたら、私に何のメリットがあるんだろう。そうだったとしたら、私はこれから笑って生きていけるとでもいうのだろうか。

とにかく産むにしろ堕ろすにしろ、一度病院に行かなきゃいけないよ、生首の言葉に頷く。振り向くと、にゃんこは生首じゃなくなっていた。さっきまで生首だった人がもう普通の人間。そんな初めての体験に戸惑った。という振りをしただけで、本当は戸惑いもしなかったし当然の事だと分かっていた。

二人でリビングに降りると、洗い物をしているママに話があると言って、にゃんこが妊娠を告げた。テーブルに肘をついて絶望的な表情を、あるいは邪悪な微笑みを隠そうとしているのか、両手で顔を覆ったママは、すぐに気を取り直したように「堕ろすしかないわね」と言ってパパを呼んだ。やだ。パパに言わないで。パパに知られたくない。パパは私の妊娠を知ったら、パパはあの、私を怒鳴りつけた時のように悲しそうな顔をしてしまうかもしれない。子供が出来たんですって。堕胎するしかないわよね。はきはきしているママの言葉。まるで何か人生の目的が出来たかのように輝いているように見えて、そう見えた瞬間吐き気がした。そして自分の未来が他人に決められていく事に恐怖と安堵を覚えた。何か言わなきゃ。私の意見を言わなきゃ。私の主張をしなきゃ。私の意思を伝えなきゃ。そううんただの感想でもいい。何か一言、子供が出来た事に関して感想を口にしなきゃ。そうしなきゃ私は癒しの小道具にされていた赤ちゃんの頃と変わらない。はっきりとした意思表示もせず、ただ存在するだけでママとパパを癒していた頃の、反吐が出そうな商品価値しかなかったあの頃の私と変わらない。私はあんたたちの精子と卵子じゃない。私は精子と卵子なんかじゃない。私は毎月卵子を形成する、れっきとした一人の女だ。こうして妊娠だってした。私はもう、精子と卵子なんかじゃない。

「まあ、そうするしかないだろうな」

パパは悲しそうでもなくて怒っているようでもなくて、ただ何か一つの決定をくだすために仕方なくといったほどの面倒さもなく、少し口をへの字にしたような、難しい顔で言った。ねえにゃんこどうして。ねえママどうして。ねえパパどうして。私は何一つ口に出来ないままそう思っていた。

私は精子と卵子だった。いや違う。別に私だけではない。世界中に生きる全ての人が、精子と卵子だ。私は皆と同じで、皆と何も変わらなくて、それでも私は精子と卵子として、人より劣っているだけだ。パパは言い終えると私と目を合わせる事なくリビングを出て行った。

「明日病院に行きましょう」

ママの言葉で話し合いは終わった。

椅子の上に体育座りをして、テーブルを睨み付けていた。私はもうずっとこの姿勢でいる。一枚板のテーブルの木目が目に焼き付く。動物の目のように丸く黒い模様が、日蝕の太陽のようだった。なにを、自分の堕胎をユニバーサルな話にすり替えようとしているのか。じっと俯いている私を、にゃんことママがじっと見ている。私はこれから病院に行く手はずになっている。私は頑固だった。子供の頃から頑固だった。幼稚園に行きたくなくて行きたくなくて毎日泣いていた。無理矢理連れて行かれると、自分がどこか異世界に連れて行かれたような気がして、幼稚園では見る物全てを呪った。すぐに癇癪を起こして泣いた。覚えている。私はいつもパパに行ってらっしゃいのキスをしたあと、手を振って家を出て行くパパの姿を思い出して泣いていた。幼稚園で泣いている時、私はずっとパパの事を考えていた。いつも、幼稚園から帰る頃には私はもう友達らと仲良くしていて、幼稚園は楽しいものだと思い込んでいたけれど、次の日の朝になると地獄だとしか思えなかった。そしてパパを思って泣いて、また楽しいものだと思い込んだ。どちらが本当だったのか、今となっては分からないし、もしかしたら地獄が楽しい場所だったのかもしれないし、楽しい場所も地獄だったのかもしれないし、地獄が楽しい場所に変化する現象が毎日毎日起こっていただけなのかもしれない。私は頑固だ。歩かない私を幼稚園まで引きずって行っていた時のママの顔が懐かしい。私はその時本当に、殺したいほど彼女を憎んでいた。彼女の首筋にハサミを突き立てる想像をしたり、彼女の口の中に水銀を入れる想像をしていた。水銀を飲むと死ぬのよ、彼女はいつもそう言って体温計を私の脇の下に挟ませ、仮病を使って幼稚園を休もうとする私を怖がらせていた。でも私はもう人を殺せるだけの憎しみなど持てない。

私はママとにゃんこに連れられて産婦人科に行ったけれど、病院から十メートル手前の辺りで泣き崩れて、アスファルトに額を擦りつけて、泣いてわめいて、診察時間が終わってしまうまでそうしていた。ママは怒っていた。にゃんこは私を抱きしめた。その夜食べた、チーズがたっぷり入ったカルボナーラのスパゲッティは、この世で一番美味しいもののように思えた。

次の日、私はママと診察に行って、正式に妊娠を診断された。ママはその場で堕胎を申し込んだ。家に帰って部屋に籠もると、私はドゥマを膝に乗せ、ドゥマの肉球をいじくって遊んだ。ここに赤ちゃんがいるんだよ。ドゥマよりもちっちゃいんだよ。ドゥマの肉球くらいかも。猫語でそう言いながらドゥマの肉球をお腹に押し当てると、ドゥマはごろごろと甘えながらにゃあと返事をした。お腹に寄りかかって眠ってしまったドゥマの柔らかい毛を撫でながら、出窓に寄りかかった。向かいの佐藤さんちの屋根に、生首が落ちてきた。まずい。そう思うけれど生首が落ちたところで私に関係ないと思い出して、飲んだ息を吐き出す。生首は瓦屋根をごろごろと転がって地面に落ちたりせず、屋根の一番高い所に、きちんと頭のてっぺんを上にして着地した。落武者は、今日も私を見つめる。私は、自分が冷静さを失っていくのを感じた。落武者と見つめ合いながら泣いて泣いて泣いて、それでも私はまだいくらでも泣くような気がしていた。泣き声で起きたドゥマが迷惑そうな顔で私の膝から降りた。膝を抱え、肩を震わせ、時折生首を見やりながら、私は泣き続けた。

「心臓、動いちゃってますね」

先生に言われて初めて、エコー画面の中の鼓動が自分のものでなく赤ちゃんのものなのだと気付いた。堕胎を担当する先生は優しい顔をしていた。優しい顔の先生がそういう事を言ったという事実が、私を俯かせた。

「手術当日は何も食べないでください。前日は早く寝て、お酒を飲まないでくださいね」

そう言ってすぐ、先生は「未成年だったね」と笑った。笑い返そうとしたけれど、唇の端は片方しか上がらなくて、ただただ脇に立っている看護婦が疎ましかった。俯いたまま待合室に戻るとママがいて、それを知っていてもなかなかママの顔を見る気にはなれなかった。

帰り道、ママを追い返して一人でデパートに入ると、ベビー用品を見に行って、ガラガラを買った。もっと色々買いたかったけれど、買ったところで堕胎が決まっている赤ちゃんが喜ぶとは思えないし、別に私も喜ばない。何故買ったのかは自分でも説明出来ないけれど、ガラガラは必要だった。赤ちゃんに、それとも私に？　それは分かる。私にだ。赤ちゃんはまだ、私に何の意思表示もしていない。食べても食べてもお腹がすくところを見ると、生きたがっている事は確かなようだが、そんな意思を表示されても私には……。とここで考えをストップさせる自分が殺したいほど憎いけれど殺さない。それがこの世界に生きる私だ。死ね。赤ちゃんじゃない。私が死ね。そんな風に考えても結局私は死なない。バカじゃない。死ね。死なない。どうして人間は、自分に殺意を抱いた瞬間爆死するシステムになっていないのだろう。死ね。帰宅するとガラガラを振って、お腹に語りかけた。赤ちゃんに名前をつけて、赤ちゃんに手紙を書いた。お前なんか死ね。心の中で自分を罵倒したところで、更に痛いだけだと知っているのに。知っているのに、私はそういう事を続けていた。

　にゃんこは毎日のように私と一緒にいてくれたけれど、私はもうにゃんこと心を交わす事が出来なかった。私はにゃんこと目が合うと、本心を悟られまいと変な事を考えてしまうようになった。ずっと、本心を分かってもらいたい理解してもらいたいねえ分かってもっと私を分かって。そう思っていた相手に対して、自意識過剰になり滑稽な事を考えている自分がとても滑稽で仕方なくて、にゃんこと目が合うといつも微妙な微笑みを浮かべた。私スイカって嫌いなの種があるし、それに何か臭いでしょスイカって、だから私考えたのスイカに生ハムのっけたらどうかしらってと話している中年女性の腰元に何故か貼り付けてあるガムテープが気になるけれど、わざと貼ってあるのかそれともついてしまっただけなのか分からずに、私は微妙な微笑みを浮かべて彼女の話を聞くけれど、それはメロンに対するアレですかオマージュというか何というか生ハムの存在意義を否定する行為ですかそれはえっと、そしてさっきからあなたは海岸をバックにそんな事を話しているけれども潮騒のせいで私が聞き間違えているという可能性はありますでしょうか、それとも私の事が嫌いだから嫌いなスイカの話をするのでしょうかねえどっちなのどっちかしかないとしたら、どっちなの？　そんな事を考えながら。

にゃんことママに付き添われて病院に到着すると、個室に通されて手術服に着替えた。子宮口の状態を見ます、そう言われて検診台に乗ると「エコー見なくていいですよね」という先生の声が聞こえて、私は腰元から下を隠すように区切っているカーテンを揺らした。

「見せて」

先生には一瞬の迷いがあったけれど、カーテンを開けてくれた。赤ちゃんはそこにいた。やっぱりそこにちゃんと存在していた。私は自分自身の存在を疑った。これから中絶されるのは、私なんじゃないか。そんな事を思っていると先生が「もういいですね」と言ってカーテンを閉めた。奥に案内されると手術台に乗った。

「麻酔を打ちます」

そう言われて右手を取られ、注射針を通して麻酔薬が注入されていくのを見つめた。一緒に数を数えてください。看護婦に言われて一緒に数を数えた。一、二、三、何秒で意識を失うのか。四、五、六、見上げている蛍光灯がぐにゃりとした。七、八、自分の声が頭の中だけで響いているような気がする。九……。やっぱり駄目だ。涙が零れた。私やっぱり産みます。そう声を上げようと、私の手を握っていた看護婦に顔を向けた瞬間意識がなくなった。最後の記憶は天井の蛍光灯が端に映り込んでいる映像だった。

目覚めた私は個室のベッドで横になっていて、しばらく何が起こったのか分からなかった。そうだ私の赤ちゃん。そう思ってお腹に手を当てると、いつもと同じ感触がする。もしかしたら「やっぱり産みます」という言葉がきちんと伝わっていて、施術されなかったのかもしれない。状況を把握するために周りを見渡した。ねえこのお腹の中に私の赤ちゃんいるのいないのどっちなの私の赤ちゃんは？　上体を起こすと、自分が下着を着けている事に気がついた。下着はつけていなかったはずなのに、と手を伸ばすと見た事のない下着にナプキンがあてがわれていた。本当にいない。私のお腹に赤ちゃんはもういない。私の赤ちゃんは死んじゃった。もういない。存在しない。何度もそう思った。でももしかしたらまだいるかもしれないいだって、ついさっきまで赤ちゃんはここにいた。ねえつい、つい二、三分前までここにいた。呆然としながら枕元に置かれているお茶とお茶菓子を見つけ、あまりの喉の渇きに、何も考えないままお茶を注いで飲み干すと、すぐに胃がねじれたように痛んで、お腹を抱え込むようにして体が折れていく。トイレに行こうと立ち上がったけれど、便器までたどり着けずに洗面台でお茶を吐き、そのまま何度も咳こんでいると胃液が出てきた。激しい動悸に肩を震わせていると、看護婦が慌てたように入って来て「どうしました？」と聞く。お茶を飲んだら吐いた、と伝えると、彼女はベッドまで支えてくれた。

「もうちょっと寝てちょうだい」

横たわると、彼女はそう言って私の胸元まで布団を引き上げる。私の子供はどうなっちゃったんですか？　聞きたくて聞きたくてしょうがなくて、確かめなきゃと思ったけれど、答えを聞くのが恐ろしくて、でも聞かずにはいられなくて、あの、こど、も……。と口ごもりながら言うと看護婦は私が何を言いたいのか悟ったようで、哀れむような表情で私を見つめた。その目を見た瞬間ぼろぼろと涙が零れて、息を詰まらせて泣いていると、もうこんな事しちゃ駄目よ、という看護婦の声が聞こえて、両手で顔を覆ったまま何度も頷いた。看護婦が出て行くと、声を押し殺して泣き続けた。赤ちゃんの亡骸はまだこの病院にあるのかもしれない。私の泣き声を聞かれちゃいけない。私が殺したんだから。またすぐに頭がもやもやして、私は眠りについた。

終わった、という安堵と人を殺した恐怖に、死人然とした表情で帰宅してから一週間。私は一日の大半を生首の観察にあてていた。部屋の窓から生首が見つからない時はただただ泣いた。人生は我慢だ。私の赤ちゃんはそういう我慢を知らないまま死ねたんだから幸せだ。そう思った次の瞬間自殺したくなる。何言ってんだてめえ冗談でもそんな事言った奴は皆殺しだ世界の破滅だ死ね。そう思った次の瞬間自分の死体が目に浮かぶ。まだ生まれていない胎児を生命とは言えない。つまり私は赤ん坊を殺したわけではない。そう思った次の瞬間自殺したくなる。何言ってんだてめえほんとまじでお願いだから後生だから死んでくれ。そう思った次の瞬間自分の死体が目に浮かぶ。そういう押し問答を繰り返しながら、それでも自殺しない私は何ものなのだ。本当は自殺も出来ないただの痛い女のくせして、何をせこせこと考え続けているのか。本当に死んでくれ。ガラガラを鳴らして自分の死を思い泣きわめき怒鳴り、いつも事切れるように眠った。

堕胎から二週間が経つと、にゃんこは私を外に連れ出すようになった。毎日毎日生首を見ては自分自身と押し問答している私が、彼の目には異様なものに見えていたのだろう。いつも行っていたゲームセンターも駅前のファストフードもロータリーも全て死んだ目をしていた。目などない。でも死んでいた。魚の目をしていた。魚臭い。そう言うとにゃんこは私を安心させようと、魚臭くないよ、と言って困ったように笑う。魚臭くない、じゃあ、イカ臭い？　いや、私はもうずっとセックスをしていない。子供が出来てからセックスなど、一度もしていない。じゃあこのイカ臭さはオナニーをしたにゃんこの手から漂っているのだろうかと、にゃんこの手をくんくんするものの、そこからは汗の臭いしかしなかった。どこなのイカ。どこなのイカ。イカ臭い世界なんて滅亡だ。滅亡だ。死ね。そう考えながら、その考えを口に出さないよう努力した。でも努力している内にばかばかしくなって、どうして私が考えを口に出さない努力をしなきゃいけないんだと憤慨して、最終的にはこんなイカ臭い世界になんて生きられない、と泣き出してにゃんこに家に連れて帰ってもらった。

にゃんこに八つ当たりをする元気もなくてただただひたすら生首。煙草がきれて、カートンから新しいボックスを取った瞬間、それが最後の一個である事に気付き、このボックスが空になったら新しいカートンのビニールを破いて箱を開けなきゃいけないと思い、その面倒臭さを想像して既にして面倒臭くなる。煙草を吸いながら、無意識の内に新しい煙草を吸おうとしている。煙草を吸いながら煙草吸いたいな、と思う。そうだ煙草を吸おう、と思い一本ボックスから取り出した瞬間、火のついた煙草が灰皿に置いてある事に気付く。その灰皿から煙草を取り上げてくわえようとした瞬間、既に煙草がくわえられている事に気付く。部屋の空気が淀んでいて、常にもやもやとしていた。こんなに空気の悪い所にいたら、いずれ私は呼吸器官を悪くして死んでしまうだろう。そういう試みだった。

四月が近づくと落ち着かなくなっていった。四月一日、私は高校に入学する。でも、とてもそんな気分じゃなかった。電話が鳴る。でもとても出れるような気分じゃなかった。

でも出た。私は、どこかで自分から何かをしなければならないと知っていた。自分自身で、自分を変化させなければならないと。

「もしもし」

「リン？ やっと電話出たな」

「ヒロくん？」

「うん。何かさ、最近会わないから、どうしてるかなって思って」

「うん。順調」

「何が？」

「うん」

話が通じていない。だから何だ。文句があるか？ どうしようもない。私はどうしようもない人間だ。やはり私は、自分自身で自分を変化などさせられない。

「あのさあ、リンてヤクやってんの？」

「なあに？ それ」

「あいつがさ、最近リンがずっとラリってて相手すんの辛いって言ってたから、気になって」

「あいつって、にゃんこの事？」

「そうだけど。なあ、ヤクやってんの？」

「うん」

「やってんの？」

「うん」

私は嘘をついた。でも私は受け止めた。にゃんこのありようを。子供の死を。自分自身を。自分の子供を産むも堕ろすも決められなかった事を。ずっと自分が死ぬところを想像しながら、今この瞬間死んでいないという事実を。

堕胎後、一ヶ月は性行為をしないでください。その一ヶ月経った記念日、私はヒロくんとセックスをした。浮気はすぐにばれて、私はにゃんこと別れた。

出窓に寄りかかりながら思う。私は死なない絶対死なない一生死なない私は不死身だ。生首は落ちて来ない。もう自分が死ぬだなんて、想像も出来なかった。私はきっと、自分自身で自分自身を変化させていく事が出来るだろう。

解説

山田詠美

英語で、オートバイオグラフィ（autobiography）と言えば、自伝、自叙伝を指します。「自身の」を意味する「オート」と「伝記」を意味する「バイオグラフィ」をつなげた文学のひとつのジャンルです。そのバイオグラフィの位置にフィクション（fiction）という言葉を当てはめたのが、本書の題名である「オートフィクション」です。いったい、これは、どのような性格を持つ著作物なのでしょう。フィクションは、事実（fact）の反対語ですから、直訳すれば「自身の虚構」ということになりますが、これでは、自分に関する絵空事のように受け取られかねません。でも、読み進めて行く内に、直訳では説明のつかない得体の知れない熱が立ちのぼり始めるのです。それは、まさしく病から来る熱です。ある種の免疫から、永遠に見放された人々だけが発熱し続ける、そんな病。

若き女性作家である主人公の高原リンは、ひとりの男性編集者に、長編の原稿を依頼されます。そのスタイルは、オートフィクション。それは何ですか、と尋ねる彼女に、編集者は、こう答えます。

〈一言で言えば、自伝的創作ですね。つまり、これは著者の自伝なんじゃないか、と読者に思わせるような小説です。〉

混乱したリンは、ついこう言ってしまいます。

〈私に、あのサナトリウムでの幼少期を書けとおっしゃるんですか？〉

もちろん、相手を嫌な気持にさせるための悪い冗談です。それなのに、怯《ひる》むことなく合槌を打たれた瞬間、オートフィクションは、二人の間に侵入して来たのです。続いて、彼女は、村中の人がほとんど親戚の閉ざされた村に生まれ、自分が唯一、そこから抜け出せた子供だった、などと口にしてしまうのです。そして、また合槌。そこで、彼女は、編集者が、自分の話を信じていないことを悟り安心するのです。

〈嘘ですけどね。〉

〈だと思いました。〉

シャンペンを飲み干して笑い合うこのやり取りは些細なようでいて、実は、この作家にして、この編集者、というただならない組み合わせにおいて交わされた密約のように、私には思えます。この先、書かれる語られるすべては、オートフィクションになって行く、という暗黙の了解が生まれた瞬間です。過去はそこに取り込まれてライヴ感を増して行きます。辿り着くべきは、ここ。

〈無音の部屋。そこに響くのは、私の爪と指がキーにぶつかる音。ノンストップの音楽は一つもない。ソファには静かな犬が一匹。〉

オートフィクションが、削り削られ、純度を増して行くための座標軸です。ここで、すべてが終わり、すべてが始まって行くのです。そして、私たち読者は、そこから、ぶつけられる暴力的なまでの言葉のつぶてと、それが砕け散った際にしたたる悲しいくらいに澄んだ心のしずくを味わうことになるのです。

さて、それでは、この作品がどのように自伝的であるか、文章のスピードに、あえて乗りそこねながら、ゆっくりと考えてみたいと思います。

全体は、選ばれた四つの過去の季節で構成されています。まずは、現在に一番近い“22nd winter”。書いた段階で作られた最も新しい過去です。そこから順番に、“18th summer”“16th summer”“15th winter”と、私たち読み手は、主人公リンの止められた季節を、新しいものから見せられる形になります。それらは、まるで、始まりと終わりを野蛮に断ち切ったショートフィルムのごとく、唐突に、私たちの目の前に映し出されます。そのあそこでは、常に、リンと彼女を取り巻く男たちとの決闘にも似た衝突があります。しかも、その激まりに激しい関わり合いに、読む人は怖気付いてしまうかもしれません。それに呼応する男のアテしさの主導権を握るのは、ほとんどの場合、彼女の側なのです。それに呼応する男のアティテュードに、さらなる激しさを持って向かい合うリン。まるで、より強いドラッグを求め続ける依存症患者のようです。いつ過剰摂取の状態で倒れてしまうのだろうか、とはらはらしてしまうところです。しかし、彼女にとって、それらの行為は決して過剰にはならないのです。何故なら、男とイーヴンになることだけを追い求めているから。いえ、男だけではないでしょう。彼女を取り巻く世界と言った方が良いかもしれません。世界と自分を等式で結ぶこと。切り取られた季節の中で、その実現のために、ただひたすら集中する彼女には、過剰も過少もあってはならないのです。けれど、そのひたむきなまでの潔癖さは、なんと社会性にそぐわないものなのでしょう。彼女の世界の外にいる人々の目には、常軌を逸しているとしか映らない場合もあります。切り取られた季節と書きましたが、ここにある季節は、冬と夏なのです。決して、中間色が穏やかに彩る秋と春ではないのです。ハリネズミのジレンマを彷彿《ほうふつ》させる彼女と世界の関係は、それらの季節には似合わない。

自伝的ということに話を戻します。二十二番目の冬に作家となっている主人公に、著者の金原さんの姿を重ねることは容易です。けれど、何故、この作品が自伝ではなく、自伝的という企みをものにし得たのか。

冒頭で、私は、本書から立ちのぼる熱と書きました。ある種の免疫から永遠に見放された人々だけが発熱し続ける病、と。それでは、その病名は何なのか。

小説家という病。私は、それに尽きると言い切ってしまいます。二十二番目の冬。十八番目の夏。十六番目の夏。十五番目の冬。切り取られた季節は、そのまま、小説家という進行した病の原因を探るカルテのように、私には感じられてならないのです。

どこにその病気の萌芽を見ることが出来るのか、それは自然発生したものなのか、あるいは誰かに移されたウイルスによるものなのか、はたまた突然変異した細胞の増殖故なのか。それらの真相究明のために、実に、丁寧に丹念に時間を費したカルテ。リンは、自身の病の潜伏期間を記録するために、正確な描写という手段を選び取ったのです。

ここまでは、自伝の域かもしれません。しかし、リンにそれを書かせたのは誰でしょう。オートフィクションを書いて下さいと頼んだ担当編集者です。それでは、そこで生まれたかのような二人の共犯関係を実際に結ばせたのは誰でしょう。他ならぬ著者の金原さんです。そう、この作品は、ひとりの作家の作品世界の中に、酷似したもうひとりの作家の作品世界があるのです。世界と自分を結ぶ等式の向こう側には、もうひとつの巨大な等式が待っている。当然、歪みは生じるでしょう。けれども、その歪みを正す方法がひとつある。それこそが、フィクション。これを駆使した作家によって、オートバイオグラフィは、オートフィクションに、その座を明け渡したのです。

小説とは、根も葉もある嘘八百、と言ったのは、文豪、佐藤春夫でした。「オートフィクション」という題名から、真っ先に私が連想したのが彼のその言葉なのでした。若さ故の向こう見ずな大胆さを取り上げられがちな金原さんの作品ですが、私は、デビュー作からずっと、その内に宿る日本文学の正統を感じています。やがて、あの世で御大に出会ったら、根も葉もある嘘とオートフィクションの共通項と差異についての議論を吹っかけようと目論んでいます。ああ、待ち遠しい。

ところで、私は、この文章内で、散々、小説家という人種を病人扱いしてしまいました。でも、仕様がないのです。だって。

ヘドアを開きかけると、あの最終ボスのバーテンがあのウンコを吐いた女とヤッていた。ドアを閉め、店を出ようと入り口に向かい、一度振り返る。私は神だ！　ブースの中でそ

う叫んでいる女が目に入った瞬間、幽体離脱し彼女に乗り移る。私は、興奮と感動に肩を震わせていた。〉

どうです？ ウンコと神を同じパラグラフの中に閉じ込めるんですよ？ これが病人の所作でなく何だというのでしょう。しかも、自分は、のうのうと神になる。図々しい？ そうかもしれません。でも、その神は、同時に別の神に支配されている。そういう畏れを常に持ち続けて怯え、かつ震えているのも、また、私たち、小説家であるのです。

本文デザイン／木村裕治
後藤洋介（木村デザイン事務所）
写真／ドリアーノ・ズニーノ
©Doriano Zunino, 2005

この作品は二〇〇六年七月、集英社より刊行されました。

金原ひとみの本

蛇にピアス

蛇のように舌を二つに割るスプリットタンに魅せられたルイは舌ピアスを入れ、身体改造にのめり込む。第27回すばる文学賞、第130回芥川賞受賞作。

金原ひとみの本

アッシュベイビー

好きです。大好きです。だから、お願い。私を殺してください――。主人公アヤの歪んだ純愛は、すべてを賭けて疾走する。欲望の極限にせまる、恋愛小説の傑作。

集英社文庫

金原ひとみの本

AMEBIC

アミービック

作家である「私」のパソコンに残された意味不明の文章＝錯文。錯乱した状態の「私」が書き残しているのだが、しかしなんのために？　「私」が抱える孤独と分裂の行き着く果てとは……？

集英社文庫

集英社文庫　目録（日本文学）

梶井基次郎　檸檬
梶山季之　赤いダイヤ(上)(下)
片野ゆか　ポチのひみつ
片野ゆか　ゼロ！　熊本市動物愛護センター10年の闘い
片野ゆか　動物翻訳家　心の声をキャッチする、飼育員のリアルストーリー
片野ゆか　平成犬バカ編集部
片野ゆか　着物の国のはてな
かたやま和華　猫の手、貸します　猫の手屋繁盛記
かたやま和華　化け猫、まかり通る　猫の手屋繁盛記
かたやま和華　大あくびして、猫の恋　猫の手屋繁盛記
かたやま和華　されど、化け猫は踊る　猫の手屋繁盛記
かたやま和華　笑う猫には、福来《きた》る　猫の手屋繁盛記
かたやま和華　ご存じ、白猫ざむらい　猫の手屋繁盛記
加藤元　四百三十円の神様
加藤元　本日はどうされました？
加藤元　ごめん。
加藤元　嫁の遺言
加藤元　金猫座の男たち
加藤元　彼女たちはヤバい
加藤ジャンプ・原作／文　土山しげる・画　今夜はコの字で　完全版
加藤千恵　ハニー ビター ハニー
加藤千恵　さよならの余熱
加藤千恵　ハッピー☆アイスクリーム
加藤千恵　あとは泣くだけ
加藤千穂美　エンキリ　おひとりさま京子の事件帖
加藤友朗　移植病棟24時
加藤友朗　赤ちゃんを救え！　移植病棟24時
加藤友朗　「NO」から始めない生き方　先端医療で働く外科医の発想
加藤実秋　インディゴの夜
加藤実秋　チョコレートビースト　インディゴの夜
加藤実秋　ホワイトクロウ　インディゴの夜
加藤実秋　Dカラーバケーション　インディゴの夜
加藤実秋　ブラックスローン　インディゴの夜
加藤実秋　ロケットスカイ　インディゴの夜
加藤実秋　学園《スクール》王国《キングダム》
加藤実秋　渋谷スクランブルデイズ　インディゴ・イヴ
上遠野浩平　荒木飛呂彦・原作　恥知らずのパープルヘイズ　―ジョジョの奇妙な冒険より―
金井美恵子　恋愛太平記1・2
金子光晴　金子光晴詩集　女たちへのいたみうた
金原ひとみ　蛇にピアス
金原ひとみ　アッシュベイビー
金原ひとみ　AMEBICアミービック
金原ひとみ　オートフィクション
金原ひとみ　星へ落ちる
金原ひとみ　持たざる者
金原ひとみ　アタラクシア
金原ひとみ　パリの砂漠、東京の蜃気楼
金平茂紀　ロシアより愛をこめて　あれから30年の絶望と希望

S 集英社文庫

オートフィクション

2009年 7 月25日　第 1 刷　　定価はカバーに表示してあります。
2024年12月15日　第 2 刷

著　者　金原《かねはら》ひとみ

発行者　樋口尚也

発行所　株式会社 集英社

東京都千代田区一ツ橋2-5-10　〒101-8050
電話　【編集部】03-3230-6095
【読者係】03-3230-6080
【販売部】03-3230-6393（書店専用）

印　刷　大日本印刷株式会社

製　本　ナショナル製本協同組合

フォーマットデザイン　アリヤマデザインストア　　マークデザイン　居山浩二

ISBN978-4-08-746455-9 C0193

吸血鬼はお年ごろ

赤川次郎

集英社文庫